貸し物屋お庸謎解き帖

夏至の日の客

平谷美樹

大和書房

目次

◆人物紹介◆

庸《よう》……「無い物はない」と評判の江戸で一、二を争う貸し物屋・湊屋《みなとや》両国出店《でだな》店主。口は悪いが気風のよさと心根の優しさ、行動力で多くの味方を得、持ち前の機知でお客にまつわる難事や謎を見抜いて解決する美形の江戸娘。

幸太郎《こうたろう》……庸の弟。両親の死後、数寄屋大工の名棟梁だった仁座右衛門《にざえもん》の後見を得て大工の修業に励んでいる。

りょう……生まれず亡くなった庸の姉。童女姿の霊となって庸の実家に棲み、家神になるための修行をしている。

湊屋清五郎《みなとやせいごろう》……浅草新鳥越町に店を構える貸し物屋・湊屋本店《ほんだな》の若き主《あるじ》。「三倉」の苗字と帯刀を許されており、初代が将軍の御落胤であったという噂もある。

松之助《まつのすけ》……湊屋本店の手代。湊屋で十年以上働いており、両国出店に手伝いに来ることも多い。

半蔵《はんぞう》……清五郎の手下。浪人風、四十絡みの男。

瑞雲《ずいうん》……浅草藪之内の東方寺《とうほうじ》住職。物の怪を払う力を持つ。

綾太郎《あやたろう》……葭町《よしちょう》の長屋に住む蔭間《かげま》。庸に恋心を抱いている。

熊野五郎左衛門……北町奉行所同心。三十路を過ぎた独り者。庸からは「熊五郎」と呼ばれている。

貸し物屋お庸　謎解き帖　夏至の日の客

花の宴

一

貸し物屋湊屋両国出店《みなとやりょうごくでだな》の戸口から入り込む微風の中に、梅が薫った。

貸し物屋とは現代のレンタルショップのようなものである。

「春だねぇ」

主《あるじ》の庸《よう》は、帳場机に頬杖をつき、うっとりとしたような目を外に向けた。

襟《えり》に赤く〈湊屋〉と縫い取りのある藍色の半纏《はんてん》を纏《まと》い、黄色の地に橙《だいだい》の格子縞の小袖に臙脂《えんじ》の裁付袴《たっつけばかま》。島田に結った髪に紅い縮緬《ちりめん》を添えている。

広い道を挟んだ向こう側に矢ノ蔵《やのくら》の白い漆喰《しっくい》壁。空は青い。

一方、店内は薄暗く、さして広くない土間の両側に貸し物の甕《かめ》や鍋、釜などが並んでいる。その暗さが、春の外光をよりいっそう目映《まばゆ》く感じさせるのだった。

「侍が政《まつりごと》を司る前は、花といえば梅だったそうでございますよ」

奥から出て来た手代《てだい》の松之助《まつのすけ》が言った。

湊屋本店《ほんだな》の縞のお仕着《しき》せに紺の前掛け。手には重箱や錫《すず》の徳利《とっくり》が一揃《ひとそろ》いになった野弁当を持っていた。

「パッと咲いてパッと散る姿が武士道に通ずるってことで、侍が桜を愛《め》でるようになったんだそうで」

松之助は土間の棚に野弁当を収める。棚には質素な重箱や、公家や武家が用いる外箱に螺鈿《らでん》や蒔絵《まきえ》が施されたものなど、色々な種類の弁当箱が並べられていた。これから訪れる桜の花見の季節への用意である。

松之助は、本店から手伝いに来ている手代であった。

湊屋は〈無い物はない〉を看板に掲げる、江戸で一、二を争う貸し物屋で、幾つもの出店を持っていた。

「梅の季節は花見には肌寒いからな」

帳場の奥から顔を出した綾太郎《あやたろう》が言った。

根結《ねゆ》い垂髪《たれがみ》に女のような美しい顔をしているが、男である。鮮やかな水色の着流し。蔭間《かげま》（男娼）を生業《なりわい》としているが、仲間と共に交代で両国出店の追《お》いかけ屋《や》として、庸を手伝っている。

追いかけ屋とは、怪しい客の身元を確かめるために後を尾行《つけ》る役目で、貸した物を詐欺などの犯罪に使われないための用心であった。

「花の下で酒を飲むんなら、やっぱり桜だろう」

「花と酒、どっちが主ですか？」

松之助はからかってまた奥へ入る。

「どっちもだよ」

綾太郎は松之助の背中に言った。

「花を愛でるのに酒はいらねぇよ」

庸はうっとりした顔のまま言った。

「それはお前がまだおぼこ娘だからさ」

綾太郎は笑う。

庸はサッと振り返って、綾太郎の額を人差し指で強く押した。

綾太郎は笑ったまま仰《の》け反《ぞ》って小部屋に倒れ込んだ。

「お庸ちゃんは紅梅と白梅、どっちが好きだい？」

起き上がってあぐらをかきながら綾太郎が訊《き》く。

「どっちも好きだよ。紅梅は艶やかだし、白梅はおしとやかだし。どっちも香りがいいし」

「梅と桜は？」

「どっちも好きだよ。花なら何でも好きさ」

「男なら誰でも好きだって言ってるみてぇだ」

綾太郎はゲラゲラと笑う。

庸は頬を膨らませて綾太郎の太股をピシャリと叩いた。

綾太郎は「痛ぇ！」と叫んで再び倒れ込む。

「口の利き方に気をつけな。次はもっと痛い目に遭わせてやるぜ」

庸は顔を突き出して凄みのある笑みを浮かべた。

「ごめんよ」

と声がしたので、庸は急いで居住まいを正す。しかし、すぐに帳場机に頬杖をつく。

「なんでぇ。幸太郎《こうたろう》かい」

幸太郎は庸の弟である。父の跡を継いで大工の棟梁《とうりょう》になるべく修業中であった。

「今日はお天気なのにどうしてぇ？」

庸は、上《あ》がり框《かまち》に腰掛けた幸太郎に訊いたが、その顔色が優れないので、眉をひそめた。

「具合でも悪いのか？」

「具合が悪いのはおれじゃねぇよ」

「家の誰かが伏せてるのか？」

庸の実家は神田大工町《かんだだいくちょう》。両親は亡《な》いが、奉公人は昔のまま勤めてくれているし、住み込みの大工もいた。

「家のほうじゃねぇ。仁座右衛門《にざえもん》さんだよ」

仁座右衛門は、今は隠居《いんきょ》しているが、かつては名棟梁として名を馳せた男であった。

幸太郎の師匠として修業を手伝ってくれている。

「なんだって……。重い病なのか？」

庸は帳場から身を乗り出す。

「何人かの医者に診《み》せたんだが、言うことはまちまちでさ。腎虚《じんきょ》だって言いやがる奴もいる」

「腎虚……」

庸の頬が赤くなる。

腎虚とは、腎気《じんき》が足りなくなったことによって起こる衰弱の症状のことである。腎気とは精力のことで、〈房事過度《ぼうじかど》〉のせいで起こることもあると言われる。

房事とは、男女の閨事《ねやごと》、交合《こうごう》のことを言う。

「言葉ぐれぇで赤くなって」綾太郎がからかう。

「やっぱりおぼこ娘だ」

笑う綾太郎の、あぐらをかいて剝《む》き出しになった太股を、庸はさっきよりも強く叩いた。

「いってぇ！」と綾太郎は太股を押さえる。

「赤くなったじゃねぇか！」

「もっと痛いところを叩かれなかっただけありがてぇと思いな」

庸はぷいっと顔を背ける。

「おぼこ娘はこんなとこを叩けるわけはねぇぜ」

綾太郎は両手で股間を押さえた。

「なにを！　やってやろうじゃねぇか！」

庸は片膝立ちになって腕まくりをした。

「おう。やれるもんならやってみな。その前に、ここの名前を言ってみやがれ。言えたらおぼこ娘じゃねぇって認めてやるぜ」

綾太郎の言葉に、庸は手を振り上げたまま「うっ……」と言って動きを止める。

「じゃれてるんじゃねぇよ」幸太郎は顔をしかめた。

「こっちは真剣に相談してるんでぇ」

庸と綾太郎は神妙な顔になり「悪い」と幸太郎に頭を下げた。

「腎虚ですか」

奥から出て来た松之助が苦笑する。手に持った盆から湯飲みをそれぞれの前に置き、帳場の脇に座って自分の茶を啜《すす》る。

「仁座右衛門さんは女好きですからね。普《ふ》請《しん》のある町ごとに女を作ったたって話も聞きました」

「さすがに今はそんなことはねぇだろう」

庸は口元に浮かぶ笑いを堪《こら》える。

「そうでもねぇ」幸太郎は鼻に皺《しわ》を寄せる。

「おれの仕事を見てくれてる間も、可愛い町娘が近くを通ると口説いてる」

「どっかに連れ込んでるのか？」

綾太郎が興味深げに身を乗り出した。

「そこまでは知らねぇよ」

「仁座右衛門さんってのは、歳は幾つだ？」

「今年、七十七だ」

「そんなになるのか」庸は驚いた顔をする。

「この前、会った時にゃあ矍鑠《かくしゃく》としてたから、まだ六十になるかならねぇかって思ってた」

「矍鑠とした七十七なら、お盛んに女遊びをする奴もいるかもしれねぇな」

綾太郎は大きく頷《うなず》く。

「爺《じじ》ぃだぜ。んなわきゃあねぇだろ」

庸は眉をひそめて首を振る。

「男は年寄になれば――」松之助が片眉を上げる。

「たいがい役に立たなくなりますが、そのくらいの歳で子供を作ったなんて話も聞きます。腎虚って線はあり得るかもしれませんね」

「いい加減にしてくれよ！」幸太郎は怒声を上げる。

「別の見立《みたて》をする医者もいるんだ」

「どんな病だい？」

庸は下《しも》の話に耐えられなくなっていたから、すぐに訊いた。

「去年の春頃に、気力が無くなって、ぼうっとしてるから、耄碌《もうろく》（認知症）しかけてるのかもしれねぇって、根岸の寮（別荘）からこっちに連れて来られた。最近はあまり外に出たがらねぇし、物忘れも増えたし」と幸太郎は溜息をつく。

「去年の秋辺りから急にだよ。おいらの仕事場に来るのも五回に二回ほどになっちまってさ。家の庭の隠居所で一日中ゴロゴロして、床から出ねぇ日もある」

「そりゃあ、よくねぇな……」

庸は腕組みをした。

「それで、『今年の桜はもう見られねぇな』なんて呟くんだよ」

仁座右衛門は父の代からのつき合いであったから、庸もよく知っている。そんな弱音を吐く人物ではなかったからよほど弱っているのだろうと思った。

「そいつは困ったな……」

「食も細くなってさ。滋養をつける薬を医者からもらってるんだが、それも飲みたくねぇって」

「おいらが行って励ましてやろうか」

「それはやめてくんな」幸太郎は即座に言った。

「姉ちゃんが見舞いに来たら、『いよいよおれも長くねぇからお庸が見舞いに来た』って、ますます弱っちまうぜ」

「面倒くせぇ爺ぃになりやがったな……」

庸は下唇を突き出した。

「それで――」と、綾太郎が訊く。

「幸太郎はなんでここに来た？　師匠が耄碌したって愚痴を言いに来たわけじゃあるめぇ」

「耄碌したんじゃなくて、しかけてるんだよ――」幸太郎はムキになって言う。

「桜の屏風《びょうぶ》を借りようかと思ってさ」

「動けねぇ師匠に桜を見せたいってか」

綾太郎は顎《あご》を撫《な》でた。

「満開の桜を描いた屏風を立ててよ。せめて花見の真似事をしてやろうと思ってさ」

幸太郎は小さく溜息をつく。

「桜の屏風、ウチにもありますし、本店にも色々揃ってますよ。仁座右衛門さんなら、旦那さまもお知り合いですし、相談に乗ってくださるでしょう」

松之助が言う。

旦那さまとは湊屋清五郎《せいごろう》。本店の主である。

「絵の桜じゃなぁ……」

庸は呟く。

「だって、幸太郎の師匠は歩けねぇんだぜ。仕方ねぇだろ」

綾太郎は肩を竦《すく》める。

「歩けねぇんじゃなくて、歩かないんだ」幸太郎はしかめっ面をする。

「厠《かわや》へ用足しへ行く時にゃあ、ちゃんと歩いてるよ」

「漏らしたりはしねぇのか？」

庸は訊く。

「そこらへんは大丈夫だ。いちいち行くのが面倒くせぇから襁褓《むつき》（おしめ）にしようかなんて冗談を言うから、『そんなことすれば、本当に耄碌しちまいますぜ』と叱るんだけどな」

「歩けるんなら、後ろから尻を叩いて花見の場所まで歩かせるってのはどうです？」

松之助が真面目な顔で言う。

幸太郎が目を剝《む》いた。

「馬鹿なこと言うんじゃねぇよ。おれの師匠だぜ」

「お庸さんなら、やれると思います」

松之助は真顔である。

「おいらをなんだと思ってやがるんでぇ」庸は舌打ちした。

「仁座右衛門さんは、幸太郎が立派な棟梁になるための修業の師匠。つまりは、おいらん家《ち》の恩人だ。そんな人の尻《けつ》を叩けるもんか」

「それじゃあ戸板に乗せて連れて行くとか」

「師匠は格好の悪いことは嫌ぇだ。絶対に、衆目《しゅうもく》の中、戸板に乗って花見へ行くなんてことしやしねぇよ」

幸太郎は顔の前で手を振る。

「うーむ」

　と庸は顎を引いて考え込む。

「病なんだから、考えるだけ無駄だよ」幸太郎は力無く首を振る。

「さっさと桜の屏風を貸してくんな」

　庸は手で幸太郎を制しながら、しばし考えをまとめると、顔を上げた。

「ちょいと思いついたことがある。桜の季節にはまだ間があるから、おいらに任せてくれねぇか。もし、おいらの案が上手《うま》くいかなかったら、桜の屏風を貸してやるよ」

「どんな案だい？」

「仁座右衛門さん家《ち》の庭は広いかい？」

　仁座右衛門の家は九段坂近くの飯田町にあった。飯田町は町人町だが、周囲は大名屋敷、旗本屋敷が建ち並ぶ武家地である。仁座右衛門が手がけた屋敷が幾つもあって、修繕の仕事も多かった。

　父親の知己《ちき》であり、弟の師匠でもあったが、家へ赴《おもむ》いたことはなかった。

「ああ。普請《ふしん》場《ば》が近い時にゃあ材木置き場になってたからな」

「材木置き場にしてるかい」

　庸は『しまった』というような顔をする。

「だけど、師匠があんなになっちまってから、二代目が気を遣ってさ。出来るだけ静かに養生させようって、筋向かいの空き地を借りて、必要な時にはそっちに材木を置いてる」

　二代目仁座右衛門は、初代仁座右衛門の息子で、棟梁を継ぐ前は正太郎《しょうたろう》と名乗っていた。

　隠居してもまだ存命なので、初代は〈仁座右衛門〉、名を継いではいたが正太郎は〈二代目〉と呼ばれていた。

「そうかい」庸はホッとしたように頷く。

「今は材木置き場じゃないんだな」

「庭を使えることが大切なんですか？」

　松之助が訊く。

「庭に桜を咲かせるんだろ」

　綾太郎がニヤリと笑う。

「師匠ん家の庭に桜なんか無《ね》ぇぜ」

「分かってるよ」

　庸は鼻で笑う。

「分かってるって、姉ちゃんは師匠ん家に来たことねぇだろうが」

「行ったことなくても、考えりゃあ分かるぜ。もし、仁座右衛門さんの家の庭に桜があったら、お前《め》ぇは桜の屏風なんか借りに来ねぇだろ。それから材木置き場にしてたってんなら、庭木なんかも申しわけ程度で、広く平らな空き地みてぇな庭に決まってる」

「当たりだ……」

幸太郎は悔しそうに片頬を歪《ゆが》める。

「桜が無いなら咲かせようがないじゃないですか」

松之助が言う。

「無いなら植えればいいさ」

「植える？」

幸太郎と松之助は頓狂《とんきょう》な声を上げる。

「近頃の植木屋は腕がいいからな」綾太郎が立て膝をする。

「何年か前に、ある御大尽《おだいじん》の花見の宴席に呼ばれたことがあるが、植木屋に十数本の桜を庭に植えさせてた」

「庭は師匠の寝てる座敷の真ん前だ。植木屋が土を掘ったりしてりゃあ『何やってる』って障子《しょうじ》を開けるぜ。で、かくかくしかじかと植木屋が話をすりゃあ『余計なことをするなっ』てどやされて、しまいさ」

幸太郎は首を振った。

「そうか……」

庸は首を傾《かし》げてまた考える。

ならば、仁座右衛門に気づかれないようにすればいい――。

頭の中に幾つもの案が出ては消える。

「なるほど。そういう手は使えるな」

と顎を撫で、さらに考えを広げる。

一通りの手順を頭の中で整えて、庸は「よし」と頷いた。

「どんな手を思いついた？」

綾太郎が訊いた。

「ここで聞いたら面白くねぇだろ」庸は悪戯《いたずら》っぽく笑って立ち上がる。

「それに、上手くいくかどうか分からねぇんだ。失敗してからかわれるのも面白くねぇしな――、ただ、蔭間長屋の手伝いが欲しいから、その時にゃあ教えるよ」

蔭間長屋とは、蔭間ばかりが集まって暮らす長屋である。蔭間は年若い者たちばかりが客からもてはやされる。十代を出た者たちの多くはだんだん客も減り、食うのもやっとの生活になった。そういう貧しい蔭間たちの救済のために、綾太郎たちの元締が建ててくれたものであった。

土間に降りて草履をつっかける庸に、松之助が「植木屋探しですか？」と声をかける。

「ああ。そこらの植木屋なら、褌《ふんどし》を借りに来る奴らの中にもいるが、腕のいい植木屋となりゃあ伝手《つて》がねぇからな」

貸し物屋は褌まで貸していたので、様々な職業の男たちが常連であった。

「ちょいと本店まで伝手を紹介してもらいに行って来らぁ。留守を頼むぜ」

庸は店を出た。

「行ってらっしゃいませ——」

以前なら、ここで『旦那さまに会いたいから、何かと用事を作って本店に出向きたがる』と、庸をからかっていた松之助であったが、最近は控えている。

清五郎の名を出すと庸の表情が変わることに気づいていたからである。ほんの少し寂しげな顔になる。庸が清五郎に惚れていることは知っていたから、それをネタにしてからかっていたのだが、以前なら慌てたり顔を真っ赤にして否定したりしたのが、この頃はサラリと受け流されてしまうのであった。

色恋には疎い松之助であったが、庸の中に何か変化があったことだけは分かった。

それが、からかいのネタにしてはいけないことであるとも感じていたのだった。

「お前ぇも分かってきたじゃねぇか」

綾太郎は、帳場に腰を下ろす松之助の肩を叩く。

「何がです？」

「お庸ちゃんの気持ちがだよ」

「綾太郎さんは逆に、お庸さんの気持ちが分からなくなってるんじゃないですか？」

松之助は綾太郎に冷たい目を向ける。

「そんなこたぁねぇよ」

「からかいがきつくなってます」

「そりゃあお前ぇ、きつくからかうと、お庸ちゃんが手を出してくれるからだよ」

綾太郎はニヤニヤ笑う。

「叩かれるのが好きなんですか？」

松之助は顔をしかめた。

「客の好みに合わせて攻められるのが好きって芝居をすることはあるが、そんな趣味はねぇよ。叩くってことは、こっちの体を触ってくれるってことじゃねぇか。それが嬉しいんだよ」

「寺子屋の悪童が好きな子を虐《いじ》めるのと同じじゃないですか」

「気を引くためにゃあなんでもするさ」

「だけど——」松之助は真顔になって眉をひそめる。

「お庸さんの、旦那さまに対する思いは変わってしまったんですかね」

「なんでぇ。変わったって分かったから、からかわなくなったんじゃねぇのか」

綾太郎は呆れた顔をする。

「なんとなくぼんやりと、からかっちゃいけないなって感じてるだけです」

「お庸ちゃんは、湊屋の旦那を諦めようと頑張ってるんだよ」

「旦那さまを諦める？　なぜ？」

松之助は眉を八の字にする。

「奉公人と主人じゃ、身分違いだって気づいたんだろうよ。確か、二人が出会ったのは、お庸ちゃんがまだ大工の棟梁の娘だった時だったよな」

「そう聞いています……」

「それが、色んなことがあって、お庸ちゃんは清五郎さんに雇われて湊屋の出店の主となった。棟梁のお嬢さんだった頃に心に芽生えた恋に、けじめをつけなきゃならねぇって思ってるんだ。奉公人が主人に惚れちゃならねぇってな」

「お庸さんにもそんな健気《けなげ》なところがあるんだ……」

「お庸ちゃんは健気な娘だぜ。今まで気がつかなかったのかい」

綾太郎は首を振る。

「はい……。やっぱり、旦那さまのことでからかわないことは正解だったんですね」

「まぁ、腫れ物に触るようにしてると向こうも気づくだろうから、適当にしときな」

「そうします」

松之助は、庸が出て行った戸口を見つめて頷いた。

二

庸は吉川町の両国出店を出て、神田川に架かる柳橋を駆け渡る。

諦めたはずなのに胸が高鳴る。

平右衛門町を走り、突き当たりを左に進んで大きな通りに出た。

勝手に惚れて勝手に諦めるだけ――。

そう考えると、胸が締めつけられるように痛んだ。

そんな感情は生まれて初めてだったから、このところどう処していいのか途方に暮れている。ただひたすら、胸の奥にしまい込んで考えないようにするばかりだった。

けれど、ふとしたきっかけで今のように感情が揺さぶられる。

大川橋を右に見て花川戸町を北に駆ける。

もうすぐ新鳥越町《しんとりごえちょう》の湊屋本店が見えてくる。

心を落ち着けなければ。

庸は足を止めて胸に手を当て、何度か深く呼吸をした。

重苦しい胸の痛みが奥底に引き込まれていったが、完全に消え去ることはなかった。

庸は聖天町の横を通り、新鳥越町に入った。

すぐに大きな本店の建物と〈無い物はない〉の看板が見えてきた。

通用口の番人の三治《さんじ》に声をかけると、清五郎はいつものように、裏庭に二軒並ぶ田舎屋の奥の家にいると教えてくれた。

庸は教えられた茅葺《かやぶ》き屋根の腰高障子《こしだかしょうじ》の前に立ち、中に声をかける。

「両国出店の庸でございます」

「おお、久しぶりだな。入れ」

と清五郎の声がした。胸が締めつけられる感覚があり、鼓動が速まった。

「失礼いたします」

障子を開けて土間に入り、頭を下げた。

「上がって来い」

清五郎が広い板敷の、囲炉裏《いろり》の向こうから手招きをした。桜色の着物の着流しである。癖のある髪を無造作に後ろで束ね、ほつれた前髪が幾筋か額にかかっている。その整った顔を見ると、庸の鼓動はさらに激しくなった。

側に黒い小袖に裁付袴の半蔵《はんぞう》がいつものように座っていた。総髪《そうはつ》の武芸者然とした姿を見ると、幾分気持ちが落ち着いた。清五郎を見て一気に舞い上がった気持ちは、冷静に清五郎と話が出来そうなまでになった。

庸は一礼して手拭いで足の汚れをぬぐい、板敷に上がって正座した。

「お願いがあって参りました」

庸は、幸太郎から聞いた話をし、次いで自分の案を語った。

「――それを実行するにも、桜を植えてくれる植木屋を存じません」

「なるほど。植木屋を紹介して欲しいというわけだ」

清五郎は微笑を浮かべる。

「はい。それ以外の人手はこちらで用意出来ます」

「これは湊屋出店の仕事か？　それとも、儀助《ぎすけ》さんの娘として、仁座右衛門のためにする仕事か？」

　清五郎は静かに訊いた。

　それは予想された問いであった。

「この仕事は、儀助の娘の庸から、両国出店の庸が依頼された仕事と判断いたしております。損料《そんりょう》（借り賃）は儀助の娘の庸と、息子の幸太郎、それから実家から申し受けます」

「なるほど、商売として考えるということだな」

「両国出店の庸は、儀助の娘の庸から桜の木を借りたいと依頼されました。それで植木屋を紹介していただこうと参ったのです」

「なるほど。そのように筋を通すのなら、腕のいい植木屋を紹介しよう」

「ありがとうございます」

　庸は頭を下げた。

❖

　この時代、明暦《めいれき》の大火後、復興の過程で造園が流行《はや》り、大名屋敷の作庭《さくてい》も盛んになって江戸に植木屋が増えた。下谷池之端や、四谷伝馬町、芝三島町などに上方《かみがた》から大勢の植木屋が移り住み、商売を広げていったのだった。

　染井《そめい》村にも植木屋は多かった。

庸が清五郎に紹介された植木屋、北野屋専造《きたのやせんぞう》も染井村に住まいしていた。大名屋敷の作庭、手入れを任せられている腕のいい植木屋であった。

無骨な自然木の丸太を使った吹抜門《ふきぬきもん》の両側に竹の透《す》い垣《がき》が続いている。広い敷地に、様々な木々が植えられていた。いずれも若い樹木である。紅梅や白梅、薄桃色の梅などが花を咲かせていた。

法被《はっぴ》を着て、尻端折《しりはしょ》りした男たちが木の世話をしていた。隅のほうに小屋掛けがあり、盆栽が並べられている。根巻《ねまき》の縄を巻く威勢のいいかけ声が聞こえてくる。

庸は敷地を見回し、梯子《はしご》に乗って枝を剪定《せんてい》している年寄の職人を見つけて歩み寄った。

「あんたが専造さんかい？」

庸は声をかけた。

「そうだよ」

年寄の職人は剪定を続けながら言う。

「おいらは、貸し物屋の湊屋、両国出店の庸ってもんだ」

「ああ、口が悪いって評判の貸し物屋だな」

「ここまで噂が広まってるかい」

庸は苦笑いする。

「面倒見がいいって話もな」

専造は剪定鋏《ばさみ》を腰に差すと、梯子を降りた。

かなり小柄な男で庸より背が低かった。顔は陽に焼けて皺深く、赤銅《しゃくどう》色。艶々と光っている。被った手拭いの下から白髪が覗いていた。藍の法被と腹掛け、黒の股引《ももひき》を纏っている。

「で、何の用だい？」

と専造は庸を見上げる。

「桜を植えて欲しいんだ。湊屋本店の清五郎さまから、あんたに相談してみろと言われて来た」

庸は事情を話す。

聞き終えた専造は、「病人を元気づけたいってかい」と地面に座り、梯子の側に置いていた煙草盆《たばこぼん》を引き寄せ、煙管《きせる》を吸いつけた。

「そうなんだ」

庸は専造に向かい合い、腰を下ろした。

「だがよ」専造は煙を吐き出す。

「仁座右衛門はそういうこと、喜ばねぇんじゃねぇかな」

「なんだい。仁座右衛門さんを知ってるのかい？」

庸は目を見開く。

「あたりめぇだ。江戸で一、二の棟梁と、江戸で一、二の植木屋だぜ。大名屋敷や大店の普請で何度か顔を合わせてるよ」

「そうだったかい――。で、引き受けてくれるかい？」

「お前ぇ、桜の植え替えの方法を知ってるかい？」

専造は二服目の煙草を煙管に詰める。

「いや」

庸は首を振った。

「桜を引っこ抜いてほかの場所に植えればいいってもんじゃやねぇ。まず、根回しってのが必要なんだ」

「根回し？」

日常生活でもよく聞く言葉に、庸は首を傾げた。

「桜ばかりじゃなく、木ってのは根の先っぽの細いところで水を吸う。それを切っちまうと、木は水を吸えなくなる。だけど、植え替えをする時にゃあ、どうしても細い根を切っちまう。それをそのまま別の場所に植え替えれば、水を吸えなくて木は弱る。下手をすりゃあ、あっという間に枯れちまう。それを防ぐためにするのが根回しさ。まず、根の周りを少し掘るんだ。根を傷つけないようにそっとな。そこで根切りをする。すると、幹の近くに細い根が生えてくる。新しい細い根っこが充分に水を吸えるように育つにゃあ、半年、一年かかるんだ」

「つまり、植え替えをするにゃあ、一年前から準備しなきゃならねぇってことか」

庸は口をへの字にした。

「そういうこった。客はよぉ、気軽に『桜を植えてくんな』って頼むが、そういう準備が必要なんだよ」

「だけどよぉ、植木屋をやってるんだから、そういう客にも対応出来るように用意はしてるんだろ?」

庸が訊くと、専造はニヤリと笑った。

「あたぼうよ――。だが、お前ぇも商売人だ。ほかの商売がどんな仕事をしてるかを聞いておくのも学びだと思ってさ」

「ありがとうよ。どんな仕事にも下準備が必要だってこったな」

「それから、日々の研鑽《けんさん》もな――。木を植え替えた後は、枝や葉っぱの多くを切り取るんだ。植え替えしたすぐ後は、上手く水を吸えねぇから、充分に木に水を回すために余計なところを取っちまうんだよ」

「それじゃあ、植え替えした年には花は咲かねぇのか?」

庸は眉根を寄せる。

「日々の研鑽が必要だって言ったろ。その年に花を咲かせるような植え替え方はちゃんと編み出してるよ。満開の花を咲かせてやるぜ」

専造は得意げな笑みを浮かべる。

「なんでぇ……。心配させるんじゃねぇよ。別の案を考えなきゃならねぇって思った庸は小さく溜息をつく。

「だけどよぉ、さっきも言ったが、仁座右衛門はそういうことじゃ喜ばねぇんじゃねぇか？」

「ちゃんと手は考えてるよ」

庸は専造のほうへ身を乗り出して小声で策を語った。

「なるほどな」専造はニヤリとする。

「それじゃあおれも花見に交ぜてくれねぇかい。仁座右衛門を寝床から引きずり出してやるぜ」

「うん。専造さんが交ざってくれりゃあ、効果は倍増だな。よろしく頼むよ」

「面白くなってきた」専造は揉み手をしたが、ふっと真顔に戻る。

「だけどよぉ、庭は仁座右衛門の隠居所の真ん前なんだろ？　静かにやったって、すぐに気づかれるぜ」

「そこは上手く考えてるよ。こっちの準備が整ったら、すぐに知らせに来るから、いつでも植え替えが出来るようにしておいてくんな」

「分かった。だが、あまり大きな木は植え替え出来ねぇぞ」

専造は、灰吹きに煙管の灰を落として立ち上がる。

「おいらの策が出来るくれぇなら構わねぇよ」

「よし。じゃあ、知らせを待ってるぜ」

「おいらは仁座右衛門さん家《ち》で待つことになるから、使いをよこすよ」

庸も立ち上がり、専造と一緒に尻の土埃を払った。

❖

染井村を出た庸は、浅草寺門前町の置屋、中江屋《なかえや》へ向かった。

以前、萱草《かんぞう》を象《かたど》った簪《かんざし》を貸した芸妓《げいぎ》、葛葉《くずは》が身を置いている。

葛葉は以前、湊屋の清五郎に袖にされた女であった。庸は葛葉と清五郎の関係を気に病み、その件に首を突っ込んで、気まずい思いをした――。

以来、葛葉には会っていなかったが、今回の策にはどうしても芸妓の力を借りなければならなかった。

しかし、そのほかに伝手はない。

清五郎をあてにするのも気が引けたので、唯一面識のある葛葉に頼ろうと考えたのであった。

中江屋が近づき、三味線《しゃみせん》や太鼓の音が聞こえてきた時、ハッと気がついた。綾太郎たち蔭間は、女装して御座敷に呼ばれることもある。ならば、芸妓に知り合いもいるだろう。綾太郎に紹介してもらえばよかったのだ。

わざわざ顔を合わせるのも気まずい葛葉を訪ねて来ることもなかった。

引き返そうと思った時、後ろから女の声がした。

「お庸。ウチに用かい」

庸は振り返った。

二十代中頃の目鼻立ちの整った女が立っていた。両国出店を訪ねて来た時と同じ、藍色の両滝縞《りょうたきじま》の着物を小粋に着こなしている。男物の黒い羽織を纏い、手に桜色の風呂敷包みを抱えている。

葛葉であった。

しまったなと思った。

どう誤魔化して、帰ろうかと考えを巡らす。

近くに用事があったということにしようか——。

「久しぶりだね。清五郎さんとは上手くやってるかい？」

葛葉の切れ長な目に微かな険《けん》があった。

「主と奉公人。それ以上でも以下でもないよ」

庸はドギマギしながら答える。

「なんだい。せっかく身を引いてやったのにさ」

身を引いたんじゃなく、袖にされたんだろうという憎まれ口が出かかったが、堪《こら》えた。

「あたしに何か用だったかい？」

葛葉が訊く。

「いや。近くに用事があっただけだよ」

「それじゃあ、どこにどういう用があったのか言ってみな」

庸は一瞬応えに詰まる。

「湊屋の本店へ行く途中だったんだよ」

「嘘だね」葛葉は即座に言った。

「本店に行くなら花川戸町の前の道を真《ま》っ直《す》ぐ行くはずだ。わざわざ左に曲がってこの辺りに入って来るはずはない」

「ちょいと先の下谷山伏町に用があったんだよ」

庸は嘘を重ねる。

「それも嘘だね。あたしが萱草の簪を借りに両国出店を訪ねた時、お前は訊いたじゃないか。『本店のほうが近いのに、なぜわざわざ両国出店に来た？』って。下谷山伏町の奴は本店に行く。両国出店の客はいないね。嘘をつくのはやめな。芸者は嘘を見抜くのが得意なんだよ。お前が『本店へ行く途中だった』って言う前に目が泳いだのを見て嘘だって気づいていたよ」

葛葉は勝ち誇ったような笑みを浮かべた。

庸は溜息をつく。

「ちょいと頼み事をしようと思って来たんだ」

「じゃあ、なんで嘘をついて帰ろうとした？」

「おいらの友達に頼めば済むって思いついたからさ」

「出来ればあたしに頼み事をしたくなかったってわけだね」

「あ、あ、あ、あいう出会いだったじゃないか。当《あ》たり前《め》ぇだろ」

「ああいう出会いだったのにもかかわらず、あたしに頼むしかないって考えた、その頼み事に興味があるね」葛葉はニヤリと笑う。

「もう会っちまったんだから、頼んでみなよ」

「うん……」

庸は足元を見ながら口を尖らせる。

「名にし負う両国出店のお庸が困って、あたしを頼りにしたってのが楽しいじゃないか」葛葉は庸の手を取り引っ張った。

「否が応でも聞かせてもらうよ」

と近くの茶店に庸を連れ込んだ。

葦簀《よしず》のかけられた床几《しょうぎ》に座って団子と茶を二人前頼む。

「実はさぁ――」

庸は渋々子細を話した。

「――ってことで、桜の木を植え替えしたら、その下で花見の宴《うたげ》を開きたいんだよ」

団子をかじり、茶を啜りながら話を聞き終えた葛葉は、

「なるほどね。そういう話なら一肌脱いでやるよ」

と応えた。

庸は、果たして本気で言っているのだろうかと葛葉の顔を覗き込む。葛葉は庸の目つきでその考えを読んだらしく、小さく笑いながら手を振った。

「お前の話に乗ったと見せて、意趣返しをしようなんて思ってないさ。あたしはそんなちっちゃな女じゃない。葛葉姐《ねえ》さんを見くびるんじゃないよ。なにより、お前に悪感情なんか抱いてない。萱草の簪を、わざわざ作って用意してくれたお前に感謝してるくらいだ」

「そうだったかい。見くびってた。すまねぇ」

庸は小さく頭を下げてこめかみを掻《か》いた。

「楽しみだねぇ。仁座右衛門さんの顔を見るのは久しぶりだ」

「なんでぇ知り合いだったのかい」

庸は大きく開いた目を瞬きする。

「大名屋敷や大店の上棟式《じょうとうしき》には宴がつきものだろ。御座敷で何度も顔を合わせてるよ。そのほかにも何度か御座敷に呼ばれてる。仁座右衛門さんが隠居する前は、『またお前ぇかい』って言われるほどの顔見知りさ」

「あっちこっちに知り合いがいやがる。顔の広《ひれ》ぇ爺ぃだな」

庸は苦笑する。

「お前の策に必要なものは桜の木以外、みんな手配してやるよ。知らせをくれたらすぐに行けるようにね。ただし、お代はちゃんといただくからね」

「もちろんだ。ただ働きはさせねぇよ」

庸は懐《ふところ》から財布を出して、団子代を払おうとした。

その手を葛葉が押さえる。

「あたしが誘ったんだ。ここは任せといておくれ」

葛葉は立って、奥の竃《かまど》の近くにいた親爺に団子代を払った。そして床几に戻ると置いた風呂敷包みを抱え、

「それじゃあ、知らせを待っているよ」

と置屋のほうへ歩み去った。

三

夕刻が近づき、空がほんのりと緑みを帯び始めた。店の口が暗くなってきたので、松之助は燈台《とうだい》を灯《とも》す。すでに幸太郎は家に帰っていて、店には松之助と綾太郎だけがいた。

「お庸さん、遅いですね……」

松之助は心配そうな顔で帳場に座る。

「本店へ行ってこれほど遅いってのは」綾太郎が帳場の裏から出て来て松之助の横に腰を下ろす。

「清五郎の旦那としっぽり」

綾太郎はへへへッと笑いながら松之助をつつく。

「それはあり得ません」松之助はきっぱりと言う。

「お庸さんがその気でも旦那さまが奉公人に手を出すはずはありませんから」

「まぁ、それはおれも分かってて言ってるんだがな」綾太郎は肩を竦める。

「暗くなっても戻らなかったら、おれが探しに出てやるよ」

外から足音が聞こえ、庸が「今、戻ったぜ」と暖簾《のれん》をくぐって土間に入って来た。

庸は板敷の松之助と綾太郎を見て、

「幸太郎は帰《けえ》ったかい」

と言った。

「はい――。ずいぶんかかりましたね」

松之助がホッとした顔になった。

「植木屋とか、回って来たからな」

庸は上がり框に腰をかける。

「〝とか〟っていうと、ほかにも回って来たかい」

綾太郎が訊く。

「ああ。桜の下で花見の宴を開く用意さ」

「宴で仁座右衛門さんを力づけるかい」

「ただの宴じゃ寝床から出て来ねぇと思ってさ、芸妓を呼んだ」

「なーるほど」と綾太郎は笑った。

「女好きの仁座右衛門さんの餌だな」

「雀を米で呼び寄せるみたいにはいきませんよ」松之助は首を振った。

「それに本当に腎虚なら、女の人は禁物でしょ」

「芸は売っても体は売らぬ——。そういうしっかりした芸妓を呼んだから大丈夫だよ」

「旦那さまに紹介してもらったので？」

「惚れた男に芸妓を紹介してもらうのは気まずかろうぜ」

綾太郎がニヤニヤしながら言う。

「うるせぇよ」庸は頬を膨らませる。

「自分の伝手を使ったよ」

「お庸さん、芸妓に伝手があったんですか？」

「ほれ、前に萱草の簪を借りに来た女がいたろう」

「ああ、葛葉さんですか」

松之助が頷く。

「葛葉って、中江屋の芸者かい？」

綾太郎が驚いた顔で言う。

「なんでぇ、お前ぇ知り合いかい」

「御座敷で何度か顔を合わせてる」

「今回の件はそういうのがいっぱいだな」庸は呆れた顔をする。

「植木屋の専造さんも葛葉も仁座右衛門さんの知り合いだったし、綾太郎は葛葉の知り合い。世の中狭いねぇ」

「後は、どうやって仁座右衛門さんに気づかれずに庭に桜を植えるかですね」

松之助は腕組みする。

「雨が降ってくれりゃあ、こっちのもんさ」

庸は笑みを浮かべる。

「雨？」

松之助と綾太郎は同時に言って眉をひそめる。

「その手筈《てはず》を整えなきゃならねぇから、今から蔭間長屋に邪魔するぜ」庸は立ち上がる。

「ということで松之助。店仕舞《みせじま》いを頼むぜ」

「それじゃあ、おれも今日の仕事は仕舞いってことで」綾太郎は腰を浮かせた。

「一緒に行こうぜ」

「なるほど」と二代目は納得した様子だった。

「材木の目隠し、すぐに手配するぜ」

「仁座右衛門さんには、道向こうの材木置き場に置ききれなくなったからとか、誤魔化しておかないと怪しまれるからな」

庸は付け加えた。

「そこは上手くやるぜ」

幸太郎は軽く胸を叩いた。

四

何日か暖かい日が続き、昼前に桜の蕾《つぼみ》が二つ三つほころんだ。午後には十輪あまりの花が咲いた。白の中にあるかなきかの紅色が差す可憐な花弁であった。

その日の夜、二代目は仁座右衛門を隠居所に移した。

小屋掛けの中に積み上げた材木を見ても、二代目の話を聞いていたので仁座右衛門は何も言わず、隠居所に入った。

「どこかで桜が咲いてるな」

仁座右衛門の言葉に、手燭の灯を行灯《あんどん》に移していた二代目はドキリとした。

「町中の陽当たりのいい場所じゃぁもう咲いてるが、なんで分かるんだ？」

二代目は夜具を敷きながら訊く。

「匂いだよ」

「桜の匂いってのは、葉っぱから出てるんだって聞いたぜ」

「馬鹿。花と葉っぱが一緒に出る桜もあるんだ。そういうのが匂ってるのかもしれねぇな。あるいは、そういう香りの匂い袋をつけた女中でも雇ったか」

仁座右衛門はニヤリと笑う。

「女のことを考えるのはやめな。腎虚だって言われたろ」

二代目は呆れ顔をする。

「藪《やぶ》医者の言うことなんか信じられねぇぜ」仁座右衛門は顔をしかめる。

「最初は風邪みてぇな感じだった」

「足腰が立たなくなったじゃねぇか」

「考えてみりゃあ、おれの歳で五日も横になってりゃあ、病じゃなくても、あちこちの筋が強張《こわば》って歩けなくもならぁ」

「だって親父も、だるいの気力が出ねぇのと言ってたじゃねぇか」

「そりゃあお前ぇ、診る医者診る医者、腎虚だの耄碌だの言いやがるんだぜ。こっちもしかしたらっていう気持ちになるぜ。そしたらなんだか、頭がぼんやりして、体もだるい気がした。お前ぇらが寄ってたかっておれを病にしてるんじゃねぇのか？」

「ほれ。それが耄碌の印だよ。気が悪くなって、何かがあると誰かのせいにしたがる

❖

翌朝、二代目は仁座右衛門を起こしに隠居所へ向かった。

「親父、起きてるかい？」

と声をかけると「おう」とくぐもった声が聞こえた。

二代目は障子を開けて座敷に入る。

仁座右衛門は夜具の上に起き上がり、あぐらをかいた。

「これから庭の材木をどけるんだが、中にちょいと厄介な物がある。さるお大名から隠し部屋を頼まれたんだ。その隠し鍵の部材が混じってる。親父が見りゃあどう組むのかすぐに分かっちまうだろう。だから――」

二代目の言葉を『みなまで言うな』とばかりに、仁座右衛門は手で制す。

「そういう仕掛けは棟梁以外に知っちゃあいけねぇ。覗かねぇから安心しな」

昔気質《むかしかたぎ》の性格が幸いした――。二代目はホッとしながら腰を上げる。

「ありがてぇ。昼までには終わるからよろしく頼まぁ。じゃあ、朝飯を運んで来るぜ」

❖

朝食の膳を二代目が片づけ終わった後、外が騒がしくなった。材木を運び出す大工らのかけ声。

「そいつぁ、見られちゃいけねぇやつだから、筵《むしろ》をかけたまま運べ」

と二代目の声。

仁座右衛門は夜具に横になって目を閉じ、外の音を聞いていた。

微睡《まどろ》みかけ、まるで自分が外で大工たちを指揮しているような気分になった。

夢と現《うつつ》の狭間をたゆたっていると、

「親父、ちょっといいかい？　起きているかい？」

と二代目の声がした。

目を開けると、庭に面した障子に影が見えた。

「何事でぇ？」

仁座右衛門は身を起こす。

障子の外からざわめきとも言えぬ、大人数の気配が感じられた。衣擦《きぬず》れや囁きなど、音を立てないように気遣いながら集まっている人々の気配である。

「開けるぜ」

二代目が声と共に障子を左右に開けた。

水色の空の下、あるかなきかの紅を滲ませた白い満開の桜があった。その下に緋毛《ひもう》氈《せん》が敷かれ、太鼓と三味線が置かれている。毛氈は通り土間まで続いていた。

隠居所の前をあけるようにして、大工や植木職人などが座っている。庸と幸太郎、

「御座敷をかけてくれりゃあ、呼んでやるよ。ただし、仁座右衛門の旦那は浅草まで歩いて来なきゃいけないよ。駕籠《かご》なんかで来たら、呼んでやらないからね」

「うーむ……」

仁座右衛門は唸った。何か考えるように足元を見ながら行ったり来たりする。

「よしっ！」仁座右衛門は大きな声で言った。

「葛葉、帰るついでに小倉屋《おぐらや》に寄って、今夜の席を頼むって話をしといてくれ」

小倉屋は浅草にある大きな料理屋であった。

「あたしは呼んでくれたいのかい？」

葛葉はしなをつくる。

「仕方がねぇから呼んでやるよ。今、ここにいる芸者たちも全員だ」

芸者たちは歓声を上げる。

仁座右衛門は大工、植木屋たちを見回す。

「お前ぇたちも来い。おれの快気祝《かいきいわ》いだ！」

さらに大きな歓声が上がる。

そして仁座右衛門は庸や幸太郎、二代目に目を向ける。

「どうせ、お庸の入れ知恵だったんだろうが、おかげさんで元気になったぜ。やっぱりおれには女が必要だ」

仁座右衛門は枯れた声で大笑いする。

庸は複雑な笑みを浮かべた。

仁座右衛門は、綾太郎が男だと気づいたら、どんな顔をするだろう――。

それが心配だったのである。

五

小倉屋での宴会は盛大に行われた。

五十畳近い広間に大工や植木屋が並び、左右に満開の桜の枝を生けた大きな壺が配された舞台で、芸者たちの舞が披露された。

綾太郎と葛葉は仁座右衛門を挟んで座り、酌をした。

庸は、いつ綾太郎の正体がばれるかとヒヤヒヤしっぱなしで、豪華な料理の味も分からなかった。

一方、庸の隣に座った二代目は心底ホッとした顔で盃《さかずき》を傾けていた。

「隠居所で大人しくしてくれてりゃあ、散財を気にしなくてもいいんだが、まぁ、親父が元気になったんだからしかたねぇか」

「なんだい。ここの払いは二代目がするのかい？」

「親父は『言い出しっぺだから半分払う』って言った」

二代目は苦笑いする。

「快気祝いだったら、二代目が持つのがいいような気もするが、なんだか仁座右衛門さんにしてやられたような感じだな」

「こういうことをするための仮病だったと？」

「そのつもりなら、二代目に払いをおっ被せるだろうが――」

「まぁ、親父が言う通り、おれたちが寄ってたかって病人に仕立て上げちまったのかもしれねぇ。だとすりゃあ、その詫びはしなきゃならねぇな。ここの払いはおれが持つことにする」

「そりゃあ、ご馳走さん」

庸は言って、小鯛の塩焼きをつついた。

仁座右衛門は体を気遣ってか、酒はあまり飲まなかった。

だが、宴もたけなわになって、皆が座を離れ、思い思いの相手と酒を酌み交わし始めると、仁座右衛門は綾太郎の手を引っ張って、座敷を出て行った。

庸はそれに気づいて『しまった』と思ったが、目が合った葛葉は微笑《ほほえ》んで小さく首を振った。

綾太郎ならば大丈夫という目配せだったのだろうが、庸は気が気ではなかった。

二代目は『いつものこと』と思っているのであろう、頃合いを見計らってお開きの宣言をした。

大工や植木屋は大分酔っていたから、仁座右衛門と綾太郎がいなくなったことも気にせず、土産の折り箱を持って帰って行った。

庸は綾太郎のことが気にかかったが、幸太郎と共に料理屋を出た。

❖

翌朝、庸は重い気分で帳場に座った。

きっと綾太郎は昨夜のことを報告しに両国出店を訪ねて来るだろう。

その時、どんな顔をして綾太郎を迎え、どんな顔をして報告を聞けばいいのか——。

綾太郎に花見に来ることを頼んだのは庸ではない。仁座右衛門に誘われてついて行くか行かないかは綾太郎の判断だった。

だから自分には責任はない——。

そう考えるのだが、あの後、何があったのかを考えると、庸は複雑な思いだった。

綾太郎は、自分のせいで意に染まぬ相手と一夜を共にしたのではないか？

あの宴の支払いは二代目がすると言っていた。だとすれば、仁座右衛門が綾太郎を別室に連れ込むことも代金の中に含まれているだろう。

おいらは、目的のために綾太郎に体を売らせてしまったのだ。

綾太郎はそういうことを商売にしているのだから気にすることはないと割り切ればいいのか？

それに——。

些末なことではあるが、意識しすぎれば、また『おぼこ娘』とからかわれるだろう。だからといって、平然と話を聞けば、『おぼこ娘と言われないように我慢している』とからかわれるに決まっている。

ならば、どうすればいいか――。

昨夜からずっとそのことを考え続けているのだった。

答えが出ぬうちに、外から足音が聞こえて、暖簾をくぐって綾太郎が現れた。後ろから蔭間の吉五郎《きちごろう》が入って来て、「今日の追いかけ屋でござんす」と言って帳場の裏の小部屋に入る。

「おれは昨夜《ゆんべ》の報告だ」

綾太郎は上がり框に腰掛ける。

庸はドキリとした。何と返していいか分からず、返事をする機会を失った。

「やっぱり気に病んでいたかい」

「なんのこったい……」

「仁座右衛門さんとはなんにもなかったよ」

「えっ……？」

「添い寝してやっただけだ。『おれが眠ったら帰《け》えってもいいぜ』って言われたから、夜中に蔭間長屋へ戻った。仁座右衛門さんはおれに指も触れなかった」

綾太郎が言った時、奥から松之助が出て来た。

「やっぱり、仁座右衛門さんも年だから役に立たなくなってるんでしょうね」

「さぁな。確かめなかったから、分からねぇよ。仁座右衛門さんは、『添い寝してくれりゃあそれでいい。女の匂いに包まれながら寝られりゃあ、明日への活力が湧く』って言ってさ」綾太郎は少し寂しそうに笑う。

「女の匂いなんかしやしねぇんだがよ」

「焚きしめた香で誤魔化せたんでしょうね」

松之助が肩を竦める。

「馬鹿。そういう話じゃねぇよ」

庸は松之助を窘《たしな》めた。

松之助はキョトンとした顔をしたが、綾太郎は「ありがとうよ、お庸ちゃん」と小さく言った。

「葛葉から『しばらく前から仁座右衛門さんはそうなんだって、相手した女郎が言ってた』って言われた。まっ、そういうことだから、気に病むことはねぇって言いに来たんだ」

「分かった。気に病まねぇよ」

庸は頷いた。

「それじゃあな。明後日辺り、また追いかけ屋で邪魔するぜ」

綾太郎は立ち上がる。

「ああ。待ってるぜ」

庸は綾太郎の背中に頭を下げた。

❖

その日の夕方、店仕舞いをしていると、幸太郎が両国出店を訪ねて来た。

「仁座右衛門さん、今日は普請場に来たよ。元気すぎるくれぇ元気で、指南の声もうるさくてかなわなかったぜ。おまけに、通る町娘全部に声をかけやがってさ」

松之助が出した茶に口をつけながら、幸太郎は愚痴った。

「元通り元気になったってことでよしとしな」

「姉ちゃんは口説かれなかったかい？」

幸太郎は心配げな顔で庸を見る。

「馬鹿。おいらは孫みてぇなもんだ。そんなおいらを口説くほど、仁座右衛門さんは色惚けじゃねぇよ」

庸は言ったが、少し口惜しい気もした。

遠く、暮れ六ツの鐘が聞こえた。

炬燵の中

一

爽やかな春はあっという間に過ぎて、陰鬱な雲が垂れ込める梅雨が始まった。

シトシトと降り続ける梅雨寒の日、按摩《あんま》の宗沢《そうたく》が両国出店《りょうごくでだな》を訪れた。

「なんでぇ、宗沢さん。使いをよこせば出かけて行ったのに」

庸《よう》は、杖をつきながら土間に入って来た軽衫《かるさん》姿の宗沢に言った。宗沢は目が不自由なので、使いが来れば庸か松之助《まつのすけ》が貸し物を届けに行っていた。

「いや、揉み療治の帰り道だったから」

宗沢は上《あ》がり框《かまち》に腰をかける。

外の軒先に駕籠《かご》を寄せて、駕籠舁《か》きたちが雨宿りをしている。

松之助が外に出て「お入りなさい」と声をかけるが、「親方に知られたら怒られやすんで」と駕籠舁きたちは頭を下げた。

「実は、借りていた炬燵《こたつ》のことさ」宗沢は閉じた目を庸に向ける。

「もうしばらく貸しちゃもらえないかね」

「寒い日が続いてるからね。構わねぇよ」

「いや、そうじゃないんだ」

宗沢が言った時、松之助が奥から茶を運んできた。宗沢は頭を下げて茶碗を盆から取り上げる。松之助は外の駕籠舁きたちにも茶を運んだ。「こりゃあ、ありがとうござんす」という声が聞こえた。

「そうじゃないってどういうこったい？」

庸は、茶を啜る宗沢を見た。

「猫だよ」

「猫？」

「春先に転がり込んで来て、炬燵に潜り込んでるんだよ。それで、そろそろ暖かくなってきたから炬燵をどかそうとすると、猫が怒るんだ」

「それは難儀ですね」

松之助がクスクスと笑う。

「宗沢さん、なんで猫だって分かったんだい？」

庸は眉根を寄せる。

「わたしゃあ、少しは見えるんだよ。ぼんやりとした形だけだけどね。炬燵布団を出入りする姿が見えるんだ。黒と薄茶の猫だよ」

「宗沢さんの家には通いのおくめさんっていう手伝いがいたよな――」

宗沢は小伝馬上町の、部屋数四間の小さな仕舞屋《しもたや》に住んでいた。その中の一室を施療に使い、通いの患者の揉み療治をしている。

この時代、視覚に障害があると就ける職業は限られ、琵琶《びわ》や箏曲《そうきょく》の奏者、鍼灸《しんきゅう》、按摩などを生業《なりわい》とすることになる。そういう人々を保護するため、〈当道座《とうどうざ》〉という組織があった。

当道座は室町時代から続き、この時代は寺社奉行の支配であった。検校《けんぎょう》・勾当《こうとう》・座頭《ざとう》などの階位があり、上の階位に上るためには相当な金が必要であった。そのために高利貸しも認められていた。

宗沢は座頭で小金を貸していたので、長屋住まいではなく、一軒家を借りられ、手伝いの者を雇える暮らしが出来ていた。

手伝いのくめは中年女で、近くの長屋に住み、朝宗沢の家に来て夕方帰る。その間、炊事洗濯、掃除をしたり、宗沢の家を訪ねて来る客の案内などを務めていた。

「おくめさんはその猫、見たのかい?」

「どうやら怖がって出て来ないようでさ。だから、可哀そうだから炬燵の中は覗いてやるなって言ってある」

「おくめさんは見てねぇんだな」

「見てないって言ってた」

「声は?」

「声がどうした?」

「猫の鳴き声だよ。おくめさんは聞いたことあるのかい?」

「怖がって出て来ないんだ。鳴いたら居場所が分かってしまうから鳴かないよ。わたしもあんまり聞いたことがない」

「猫は炬燵の上で丸くなるんじゃなく、中に潜り込んでるのかい？」

「そうだよ」

「宗沢さん。あんた、炬燵に潜り込んだこと、あるかい？」

「あるよ。子供の頃にね」

「どうなった？」

「頭がクラクラしだしてさ。親が気がついて引きずり出された。しこたま怒られたよ。炬燵に潜ると燃える炭から出る悪い気に当たって、死んじまうって」

この時代の炬燵は、掘り炬燵か置き炬燵である。掘り炬燵は囲炉裏《いろり》の上に櫓《やぐら》を置いて布団を掛ける。置き炬燵は火鉢のような炭入れに格子状の覆いを掛けて、その上に櫓を被せ、布団を掛ける。いずれも炭火を使うものであった。炭を焚けば一酸化炭素が発生する。悪い気に当たるというのは、今で言う一酸化炭素中毒のことである。

「人が死ぬんだから、猫も死ぬぜ」

庸が言うと、宗沢の顔が強張った。

「それじゃあ……」

「炬燵の中にいるのは、猫じゃねぇ」

「それじゃあ、あれは……、何なんだ？」

宗沢は生唾を飲む。

「さてな……」

庸はチラリと松之助を見る。

松之助は小さく首を振る。怖いことが大の苦手なのである。

「調べるなんて言わないでくださいよ……」

「ウチの貸し物だぜ。いずれ返って来る。炬燵の中の奴まで一緒にだ。そのままにしちゃおけめぇよ」

すると、帳場の裏から声が聞こえた。

「松之助さん。追いかけ屋に調べさせようなんて言わないでおくんなさいよ」

今日の追いかけ屋は継太《つぐた》であった。

「ということで、おいらが行くしかなさそうだな」

庸は松之助にニヤリと笑った。

松之助は、店の主が余計なことに首を突っ込んで出かけることはよくないと庸を叱るが、今回はどうしようもないようである。不承不承《ふしょうぶしょう》、頷いた。

「宗沢さん。炬燵の中に何がいるのか、今からおいらが調べに行っていいかい？」

「それは構わないが……。怖いモノだったらどうするんだい？」

「知り合いの坊主に頼むさ。生臭《なまぐさ》だが、加持祈祷《かじきとう》の腕は確かだから安心しな」

「それじゃあ、お庸ちゃんが確かめるよりも、最初からその坊さんに頼んだほうがよくないかい？」

「最初から頼んで、もしたいしたことのないモノだったら、『くだらない仕事をさせおって』って、大枚をふっかけられかねねぇんだよ」

「そうかい……。それじゃあ、そのように頼もうかね」

宗沢は立って杖を頼りに外に出る。

駕籠舁きたちはさっと立ち上がって宗沢に手を貸して駕籠に乗せる。

庸は下駄を履《は》き、蛇目《じゃのめ》傘を差して駕籠の横を歩く。

両国出店のある吉川町から小伝馬上町までは十丁（約一・一キロ）ほどである。

駕籠舁きたちは上手く水溜まりを避《よ》けながら進む。一緒に歩く庸に気を遣ってか、歩みはゆっくりである。

「宗沢さんよ。変なモノに憑《つ》かれる心当たりはあるかい？」

庸は訊いた。

「あるわけないよ。わたしは真っ当に生きてるからね」

「真っ当に生きてても、何がきっかけで憑かれるか分からねぇからな」

「何がきっかけで憑かれるか分からないんなら、心当たりだってあるわけないよ」

「そりゃあそうだ」庸は肩を竦める。

「だが、お前《め》ぇさんは金を貸してるだろう？」

「わたしから金を借りた奴の怨みで、変なモノが寄って来たってのかい？」

「そういうこともあり得る」

「わたしは因業《いんごう》金貸しじゃないから、それはないよ。利子だってたいしたことはないし、待って欲しいと言われりゃあ支払いを待ってやる。わたしから金を借りて困ってる奴はいないよ」

宗沢は顔の前で手を振った。

「そうかい――」

本人の口から聞いただけじゃ本当かどうか分からない。まぁ、必要があれば追いかけ屋に裏を取ってもらやぁいいか、と、庸は思った。

「お庸ちゃんは、そういうモノに詳しいのかい？」

宗沢が訊いた。

「詳しいってわけじゃねぇが、時々、商売でそういうモノに関わることがある。幽霊が物を借りに来たりな」

「あっしらも幽霊を乗せたことがありやすぜ」

と、先棒《さきぼう》の駕籠舁きが言った。するとすぐに後棒《あとぼう》の駕籠舁きが「おい。お客さんの話に割り込むんじゃねぇよ」と窘《たしな》める。

「あっ、失礼しやした」

先棒が言う。

「この駕籠に幽霊が乗ったのかい？」

宗沢は気味悪そうに、背もたれから体を浮かせた。

「いえ、この駕籠じゃござんせんから、ご心配なく」慌てて後棒が言った。

「ほら、宗沢さんを怖がらせたじゃねぇか」

「すみやせん……」

先棒は頭を掻いた。

「その駕籠はどうしたんだ？」

庸が訊く。宗沢がその駕籠に乗って、障《さわ》りを受けたのかもしれないと思ったのだった。

「ご勘弁を」

後棒はそれ以上話したくない様子である。

「悪い評判が立たないようにっていう用心は分かるが、ここははっきりさせておいたほうが得策だと思うぜ」

「左様でございますね――」後棒は少し考えて答える。

「駕籠には色々な方がお乗りになりやす。乗っている間に、お客さんに色々なことが起こることもございやす。不幸なことが起こった時には、ウチでは駕籠を処分いたしやす。幽霊が乗った場合も同様でございます」

「ちゃんと供養《くよう》して処分するのかい」

「へい。ウチの旦那の菩提寺《ぼだいじ》にお願いして、お焚上《たきあげ》するんでござんす――。宗沢さんや、湊屋《みなとや》さんだからお話ししたんで、このことはくれぐれも内密に」

「分かってるよ。ウチだって信用商売だ」

幽霊が乗った駕籠に宗沢が乗って——、という景迹（推理）ははずれだったようだ。

二

ほどなく駕籠は宗沢の家の前に着いた。庇《ひさし》の下に宗沢を降ろすと、駕籠舁きたちは駆け去った。

「駕籠屋はどこだい？」

庸は宗沢に訊いた。

「亀井町の相馬屋《そうまや》だよ。何か不審なことでもあるのかい？」

宗沢が答える。

「いや、そういうわけじゃねぇが、後から何か訊きてぇことが出てくるかもしれねぇ」

「まるで町方の目明《めあ》かしみたいだな」と宗沢は笑いながら戸を開ける。

「帰ったよ」

と中に声をかけた。

庸は宗沢と共に土間に入る。

嫌な気配は今のところ感じない。

「はーい」

と奥から声がして、初老の女が出て来た。

「お帰りなさいませ」前掛けをつけた女が頭を下げる。

「これはお庸さん。いらっしゃい」

貸し物を届ける時によく顔を合わせる手伝いのくめであった。

「ちょいと、貸し物の炬燵を見に来たんだ」

「ああ」と、くめは顔をしかめる。

「宗沢さんの話を真に受けたんですか」

「あんたは猫の姿を見てないんだって？」

「姿どころか、声も聞いちゃいませんよ」

「炬燵をどけると怒るって聞いたが」

「置き炬燵ですから、掃除の時に横にどけますよ。だけど猫なんかいたためしはございません」

くめは少し怒ったように言う。

「おくめの気配を感じて逃げ出すんだよ」宗沢もまた、憤慨したような口調である。

「だから、お前が炬燵をどかした時にはもう逃げているんだ」

両国出店で庸から話を聞いた後、猫ではなく得体の知れないモノだと納得したはずの宗沢であったが、くめの言い様が癪《しゃく》に障《さわ》ったようで、炬燵の中にいるのは猫だという主張に戻っていた。

そのほうがくめを怖がらせずにすむからいいやと庸は思った。

「それじゃあ、炬燵の具合を確かめさせてもらうよ」

庸は板敷に上がる。

「こちらでございます」

くめは先に立って板敷から廊下へ歩み出た。庸と宗沢が後に続いた。

案内されたのは一番奥の部屋である。四畳半のそこは宗沢の居室であるようで、中央に布団を掛けた置き炬燵、隅に枕屏風《まくらびょうぶ》で隠された夜具があった。

障子を開け放たれたそこは、何やら重苦しい気配が満ちている。雨の日で周囲は薄暗いが、座敷の中はさらに暗く感じられた。黴《かび》臭さと獣臭さが微かに漂っていた。

「おくめさん。宗沢さんを連れて、板敷へ行っててもらえねぇか」

庸は首から下げたお守りを引き出して握りしめる。浅草藪《やぶ》之内《うち》の東方寺《とうほうじ》住職、瑞雲《ずいうん》が授けてくれたものである。

庸には、生まれる前に死んだりょうという姉がいた。りょうは今、実家の家神《イエガミ》になるべく隠世《かくりよ》（あの世）で修行中であったが、お守りを通じて庸と繋がっている。庸がこの世ならぬモノと関わり、危険な目に遭った時に幾度も助けていた。

「何かあったのかね？」

くめは怪訝《けげん》な顔をしたが、宗沢は険しい顔でその手を引っ張った。

「お庸さんの言う通りにするんだ」

と、宗沢はくめの手を引き、板敷へ向かう。暮らし慣れた家であったから、目が不自由であっても、結構な早足であった。

「おりょう姉ちゃん。何かあったら頼むぜ」

庸はお守りを握りしめたまま呟いたが、りょうからの返事はなかった。

隠世での修行が忙しい時には呼んでも応えないことも多いので、庸は仕方なく、恐る恐る座敷に足を踏み入れた。

室内に満ちるこの臭いに宗沢は気づかなかったのだろうか——？

いや、これはきっと、この世ならぬモノを感じられる者だけに臭うんだ——。

庸は炬燵に近づく。

外の雨音のせいで、座敷の静けさがよりいっそう強く感じられた。

布団の端を持って、一気に撥ね上げる。

暗い櫓の中には火の消えた炭の載る火桶が置かれているだけで、猫の姿も得体の知れぬモノの姿も無かった。

庸は溜息をついて布団を戻す。

その途端、戻した布団がモコモコとうごめいた。

庸はドキリとして廊下に飛んで逃げる。

布団はまだ動いている。下に何かがいて動いているのだ。膨らみは丸く、確かに成獣の雄猫くらいの大きさに見えた。

捲《めく》っていない側の布団の中に隠れていたのかもしれない——。

庸はうごめく布団を見つめながら座敷に戻り、布団の端を摑む。

布団の中のモノはまだ動いている。

それを確かめ、庸は布団を捲った。

しかし、布団の下にも櫓の中にも何もいない。

庸に左右と、櫓の向こう側の布団を捲り上げる。

布団を動かしていたモノの姿はどこにも無かった。

「うぅむ……」

庸は布団を戻す。すぐに庸が立っている側の布団が動き出した。

「覗けば消えるか。ならば、覗かなければ正体を確かめられるな」

庸は言い、その自分の思いつきに震え上がった。

中を覗かずに手を突っ込んでみればいい——。

手の感触で布団の下のモノの正体を確かめる——。

「嫌なこと、思いついちまったな……」

庸はへっぴり腰で、何かあればすぐに廊下へ這い逃げられるようにして、布団のにうへ手を伸ばした。

布団の中に手を差し入れる。

モサモサとした毛が指に触れて、庸は「わっ」と声を上げて手を引っ込めた。

猫というより、毛の長いむく犬のような手触りであった。

だが、迷い込んで来た野良犬ではあるまい。生類憐《しょうるいあわ》れみの令で、さまよっている犬を見つけたら保護せよというお触れが出ている。

庸はお守りを握って深い呼吸を繰り返す。

よく怪異に出合うからといって、平然とソレに対峙出来るわけではない。

「姉ちゃん、頼むよ……」

しかし、りょうの返事はない。

「南無三！」

庸は気力を奮い立たせ、四つん這いになって、もう一度布団の中に手を入れた。

モサモサの毛。脂っぽく湿った感触である。

指を動かしていくと、突然指先から毛の感触が消えた。触れているのは滑らかな部分だ。

毛の無い腹が触れているのか――？

庸は指を広げ、下のほうに移動させる。

再び毛の感触。しかしそれは長く続かず、すぐに滑らかな部分に触れる。

そして――。

人差し指と中指、薬指が、今までとは違う質感をとらえた。

湿った、柔らかく丸いもの――。

人差し指と中指がそれに触れていて、中指は毛の無い犬の腹のようなところに当たっている。

二寸（約六センチ）ほどの間隔を空けて存在する丸く湿ったもの――。

庸はサッと手を引っ込めた。

全身に鳥肌が立った。

「目玉だ……」

犬や猫のものではない。もっと大きい――。

人の目玉――。

布団の中のモノは動きを止め、そして鳴いた。

「にゃあー」

笑いを含んだような声。猫の鳴き真似である。

「うわっ！」

庸は四つん這いのまま廊下へ後ずさる。

布団の膨らみが端のほう、庸に向かって移動する。

布団の端が小さく、隧道《ずいどう》の入り口のように開いた。

出て来る――！

庸は慌てて障子を閉めた。

ドンッと何かが障子に当たった。

しかし、室内のソレは障子を破ることはなかった。

「にゃー　にゃー　にゃー」

障子の向こうのモノは鳴き真似をしながら座敷の中を移動して行く。何かを引きずるような音が、円を描きながら動いて行く。

庸は四つん這いのまま廊下を逃げ、途中からなんとか立ち上がり、板敷へ走った。

足音に驚いた宗沢が、板敷に飛び込んで来た庸に気づいて不自由な目を見開いた。くめは茶でも淹れに行ったのか姿が見えない。

「何があった？」

宗沢が訊く。

庸は宗沢の前にペタンと座りながら、言う。

「今夜、泊まるところはあるかい？」

「今夜――。つまり、今夜はここにいないほうがいいってことか？」

宗沢は眉をひそめる。

「そうだ。炬燵の中にいたのは猫じゃねぇ」

「何がいたんだ？」

宗沢は庸に顔を向けた。

「生首だよ」

庸は顔をしかめる。

「生首……？」宗沢は震え上がった。

「な、何でそんなモノが家《うち》にいるんだ？」

「分からねぇよ。本当に心当たりはねぇのか？」

「あるわきゃねぇって言ったろう」

「そうかい……。アレはいつからいる？」

「てっきり猫だと思ってた……。二月《ふたつき》ほど前からかなぁ」

「体に具合の悪いところはねぇかい？」

「今のところは……」

「そうかい。障りが出てねぇのはいいこった——。二月前、どこかに揉み療治に呼ばれなかったか？」

「毎日どこかに呼ばれて出かけるんだ。覚えてるもんか」

「駕籠に乗って遠くに出かけたのは？」

「遠くのお客は長いつき合いの人が多いから名前は覚えてるが、いつどこへ行ったかまでは覚えてねぇよ」

「そうかい——」

庸は小さく舌打ちする。

もしどこからかアレを拾って来たのなら、何か障りのある場所に違いない。

しかし、宗沢が揉み療治に出かけた道筋を一つずつ探る暇はない。

「ともかく、知り合いの坊主に相談しに行って来るから。一緒に家を出よう」

「ああ……。横山町に親戚の家がある。そこに転がり込むことにする」

「横山町のどこだい？　事が片づいたら呼びに行く」

「末広屋《すえひろや》っていう料理屋だ」

宗沢は庸の手を借りながら土間に降りる。

「駕籠を呼ぶかい？」

「いや、歩いて行ける」

「なら、おいらが送って行くよ。こっちの行き先は浅草藪之内だから、横山町を通ることにする――」庸は思いついて付け足す。

「駕籠屋は亀井町だったな」

「ああ。相馬屋だ」

「寄ってから横山町へ送るってのでもいいかい？」

「藪之内まで駕籠で行くのか？」

宗沢は土間の甕《かめ》に差した番傘を取る。

「いや。お前ぇさんに心当たりがなくても、駕籠舁きには心当たりがあるかもしれねぇからよ」庸は外に出て蛇目を開く。

「お前ぇさんを乗せて、何か障りを受けるようなところを通ったとかな。お前ぇさんには景色は見えなくとも、駕籠舁きたちには見えている。何か手掛かりを見ているかもしれねぇ」

「駕籠舁きに心当たりがあるんなら、さっきわたしたちの話を聞いてた時に言ってるだろう」

宗沢も傘を開いた。

「悪い評判が立たないように用心してたじゃねぇか。ありゃあ店でよく言い含められてるんだぜ。心当たりがあっても言わねぇよ」

「なるほど。しかし、それなら話を聞かせろって言っても話さないかもしれないよ」

「正直に話さなきゃ、法力の強《つえ》え坊主に頼んで、こっちに生首が飛んで来るようにするぜって脅すさ」

「酷《ひで》ぇ娘っ子だな」

宗沢は首を振る。

「ああ、酷ぇ聞き込みをする前に訊いておかぁ。あの家に、何かいわく因縁はねぇかい？」

「家主《いえぬし》からは何も聞いてないよ」

「駕籠舁きが心当たりはねぇって言いやがったら、次は家主に聞き込みをするから、連れて行ってくれ」

「ああ……。分かった」

庸は歩き出しかけて、急に立ち止まる。

「そうだ。おいらたちが出かければ、くめは家に一人になる」

「危ないのかい？」

　宗沢は眉をひそめる。

「拝み屋じゃねぇから分からねぇが、家の中に生首と二人っきりってのは、どう考えてもまずかろう」

「そうだよな――」

　宗沢は土間に戻って「くめ、くめ」と声をかけた。

「はい」

　くめは茶碗を載せた盆を持って板敷に出て来た。

「今日は遅くなるから、もう帰っていいよ」

「それじゃあ、洗い物を終わらせてから」

と、くめは急いで茶を二人の前に置いてから、奥に引っ込みかける。

「いやいや。今すぐお帰り」

「今すぐでございますか？」

　くめは振り返って首を傾げる。

「そうだよ」庸が言う。

「今すぐに帰りな。それで、明日、蔀戸《しとみど》が閉まってたら仕事は休みだ」

「はい……。それじゃあ……」

くめは不承不承、板敷を降りて下駄を突っかけると、土間に置いた唐傘《からかさ》を取って出て行った。

「蔀戸が閉まっていたら休みって」宗沢が言う。

「つまり今日一日で決着がつかないかもしれねぇってことかい？」

「拝み屋じゃねぇから、今日一日で済むか、何日もかかるかなんて分からねぇよ。もし決着がつかなかったら、くめに来られると面倒だろ」

「そうだな……」

宗沢はあらためて傘を開いた。

三

亀井町は小伝馬上町の東隣の町である。すぐに相馬屋の看板が見えてきた。

「ごめんよ」

庸と宗沢は傘を軒先に置いて広い土間に入った。幾つもの駕籠が置かれていて、駕籠舁きが床几《しょうぎ》に座り、煙管《きせる》を吹かしていた。

「いらっしゃい！」

と、威勢よく何人かの駕籠舁きが立ち上がる。

「宗沢先生じゃござんせんか」

と言ったのはさっきの駕籠舁き、後棒の男だった。先棒も立って頭を下げる。

庸は二人に歩み寄り、低い声で言った。

「今、宗沢さんとこでとんでもねぇことが起こった。今から訊くことに正直に答えな」

庸が詰め寄るとほかの駕籠舁きたちが険しい顔で庸を取り囲む。

「お嬢さん、因縁をつけに来たのかい？　だとすりゃあ、怪我しねぇうちに帰りな」

一番の偉丈夫《いじょうぶ》が庸を見下ろす。

「こっちは話を訊きに来ただけだ。話が終わったら引き揚げてやるから邪魔をするねぇ」

「何が訊きてぇ？」

偉丈夫は引く様子はなかった。

庸は大男に向き直り、

「じゃあ、お前ぇさんでも分かることを訊くぜ。宗沢さんを乗せる駕籠舁きはこの二人かい？」

「そうだよ」

「なら、後はこの二人しか分からねぇ問いになる。お前ぇさんはすっこんでな」

「この二人はおれたちの仲間だ。すっこんでるわけにゃあいかねぇな」

「この二人しか分からねぇことを訊くって言ったろう。お前ぇさんには答えられねぇんだ。すっこんでるわけにゃいかねぇんなら、そこに突っ立って聞いてな」

庸はさっき宗沢を乗せた二人の駕籠舁きに向き直る。

「二月ほど前に、宗沢先生を乗せたかい？」

「月に二、三回はお乗りいただいておりやす」

後棒の男が言う。

「二月前の二、三回、どこへ行ったか覚えているか？」

問いながら、庸の頭にあることが閃いた。

もしかしたら、そうかもしれねぇ——。

「いや、問いを変えるよ。千住大橋のほうへ行ったかい？」

「お客がどこへ行ったかは——」

後棒が言いかけたのを、庸が遮る。

「他人には話せねぇっていうんだろ。だが、そのお客はここにいる。そしてその本人が忘れたって言ってるから訊いてるんだよ。不都合はあるめぇ！」

「そういうことだ。教えてくれ」

と言ったのは宗沢だった。

「宗沢さんがそう言うんなら、教えてやれ」

偉丈夫の駕籠舁きが言う。

二人の駕籠舁きは顔を見合わせながら頷く。

「小塚原町《こつかっぱらまち》の呉服屋でござんす」

「ああ――」宗沢がポンと手を叩く。

「随分前からのお客だ。月に一回、揉み療治に行ってる」

「それだ――」庸は頰に浮かんだ鳥肌を、両の掌で擦《こす》った。

「すまねぇが、宗沢さんを親戚の家へ送ってくんな。おいらは急いで行かなきゃならねぇところがある」

言うと、庸は相馬屋を飛び出した。傘を開き駆け出す。

「お庸さーん」

後ろから声がした。

駕籠を担いだ男たちが追ってきて、あっという間に庸に追いつく。宗沢の送り迎えをする駕籠舁きたちであった。

「急ぎなら、あっしらのほうが足が速いですぜ」

先棒が言う。

「駕籠に乗れるほど銭を持っちゃいねぇよ」

庸は追い払うように手を振った。

「宗沢さんの一大事なんだから行ってこいって辰之介《たつのすけ》の兄貴が言いやして」

「辰之介の兄貴ってのは、あの体のでかい駕籠舁きで」後棒が言った。

「だから、お代はいりやせんよ」

「そうかい――」

庸は足を止める。

瑞雲に相談するのは早いほどいい。駕籠舁きたちが手を貸してくれるというのなら、甘えよう――。

「すまねぇな。よろしく頼むぜ」庸は傘を閉じて滴を切り、駕籠に乗り込んだ。

「浅草藪之内の東方寺だ」

「がってん！　先棒は熊吉《くまきち》が務めやす」

「後棒は兼造《かねぞう》でござんす」

駕籠は凄い速度で走り出す。

先棒の足が撥ね上げる泥水が時々降りかかったので、庸は担ぎ棒からぶら下がる紐を右手で握り、左手で傘を少し開きそれを防いだ。

駕籠は神田川を渡り、北へ向かって駆けに駆けた。

◆

東方寺の前で熊吉と兼造を帰した。二人は待っていると言ったが、帰りは二人連れだからと言うと、口を尖らせながら「お気をつけて」と言って帰って行った。

夕刻が迫り、暗くなり始めた境内は、夏草が背丈を伸ばしつつあった。

本堂に燈火《とうか》が見えたので、庸はそちらに向かった。ほったらかしの雑草が裁付袴の脹《ふく》ら脛《はぎ》を濡らした。

「瑞雲。いるかい？」

　廻廊の階段下から声をかける。

「おう。厄介なモノを触ってきたな」本堂から瑞雲の声がした。

「雨だれで手を清めてから入れ」

　庸は縋破風《すがるはふ》から流れ落ちる雨を見上げる。

「小汚い破寺《やれでら》の屋根から落ちる雨水に穢《けが》れを清める御利益《ごりやく》があるのか？　かえって手が汚れそうだぜ」

「瑞雲さまの住まいする寺だ。御不浄《ごふじょう》（便所）汚れにさえ、魔を払う力が籠もっておる」

　瑞雲は呵々大笑《かかたいしょう》した。

「馬鹿」

　庸は雨だれで手を洗うと、破風《はふ》の中に入り、蛇目の雨を切り、柱に立てて階段を上った。

　瑞雲は本堂にあぐらをかき、酒を飲んでいた。大柄で鼻と頬が酒焼けした中年の男である。左右の燈台には蠟燭《ろうそく》の灯が揺れている。

「何に触った？」

「たぶん、生首。炬燵の中にいた」

庸は瑞雲の前に座る。

「小塚原から拾ったな」

「やっぱりそうかい」

庸は、宗沢が小塚原町に揉み療治に出かけたことと、以後起きた怪異について語った。

「晒《さら》し首から悪いモノが飛んだんだな」

「なんとかなるかい？」

「なんとでもなる」

瑞雲は鼻で笑って酒を啜る。

「よかった」

庸はホッと息を吐く。

「お祓《はら》いの手間賃は幾ら出す？」

「おいらが払うんじゃねぇよ。宗沢と相談してくれ」

「その宗沢って按摩、金持ちか？」

「貧乏じゃねぇが、金持ちってわけでもねぇ。大枚ふんだくるんじゃねぇぞ」

「まぁ、やってみてからだな」

瑞雲は湯飲みの酒を飲み干すと、「おーい」と小坊主を呼んだ。

その小坊主はずっと瑞雲の身のまわりの世話をしていたが、庸が出会った時からほとんど同じ姿で、年を取っているようには見えない。

庸はこの頃、この小坊主はこの世のモノではないのかもしれないと思うようになっていたが、確かめるのが怖くて黙っていた。

「道具を持って来い」

瑞雲が命じ、小坊主は「はい」と言って奥に入り、風呂敷包みを持って来た。瑞雲はそれを担いで立ち上がる。

「さて、行こうか」

瑞雲は本堂を出る。庸はその後に続いた。

小坊主は「いってらっしゃい」と笑顔で見送った。

❖

小伝馬上町の宗沢の家に着いた頃は、日が暮れていた。雨は止《や》んでいたが分厚い雲は居座っていて、辺りは真っ暗。庸の持つ提灯《ちょうちん》と遠くの常夜灯だけがぼんやりと明かりを放っている。

空気が重い。

庸には家全体が靄《もや》のようなモノで覆われているように見えた。その靄が提灯の明かりを微かに映している。

「こいつは厄介だな」

瑞雲は家を見つめながら、今まで見たことのない険しい表情になった。

「お前《め》ぇでも手こずりそうな亡魂《ぼうこん》かい？」

庸は怯えた顔で瑞雲を見上げる。

「亡魂は亡魂だが――。なにしろ数が多い」

「亡魂がいっぱいいるのか？」

庸は顔をしかめた。

「一柱一柱《ひとはしら》は大したことのねぇ力しかねぇが、それが家中にウヨウヨといる――。お前ぇは帰《けぇ》ってろ」

瑞雲は家を睨みつけたまま庸を後ろに押しやる。

「でも……」

「小塚原から来た仕置きされた奴らの怨念だ。お前ぇが相手にしてきた幽霊たちとはわけが違う。重い罪を犯して首を斬られた奴らばかりだ。冤罪《えんざい》で殺された恨みを持ってる奴もいる。だから、障りも恐ろしい」

「そうだったのかい……」悪寒が庸の体を何度も往復した。

「宗沢が拾ってきた亡魂が、仲間を呼んだってことか」

「簡単に言えば、そういうことだな――。おれが手こずるくれぇだから、お前ぇがいれば足手まといになるって分かるだろうが」

瑞雲の口調が苛《いら》ついた。

「分かるけどよぉ……」

「少し前のお前ぇなら、後先考えず飛び込んでたろうが、今は分別があるだろう。守る余裕はねぇから、お前ぇは必ず憑かれる。おりょうの守りも、恐らく通用しねぇ」

「だけど、お前ぇが危ない目に遭っている間、おいらは安全なところでのほほんとしてるわけにゃあいかねぇだろ。なんか手伝うことはねぇかい？」

「お前ぇだって、商売をしたこともないような奴に、店を手伝わせようとは思わねぇだろうが。同じだよ。加持祈禱をしたこともねぇ奴におれの手伝いは出来ねぇ」

「だけど、清五郎さまは商売をしたこともねぇおいらに、両国出店を任せたぜ」

「それとこれとは話が違う。お前ぇには商売の素地があったんだよ」

「加持祈禱の素地はないかい……。おりょう姉ちゃんがいても？」

「ここしばらく声も聞いてねぇだろ」

「うん……」

庸は泣きそうな顔になる。

瑞雲はそれを見て舌打ちして、仕方なさそうに言った。

「のほほんとしてるのが嫌だったら、一つ調べろ」

「何か出来ることがあるのかい？」

庸は顔を輝かせた。

「もう一度、宗沢に、誰かに恨まれたり呪われたりする覚えはねぇか訊け」

「怪異は呪いのせいなのかい？」

「いや……。怨念が重なり合ってるからよく見きわめられねぇが、そういう気配がないでもない。集まってる亡魂のほとんどは、宗沢に関係のないモノたちだ。だが、そいつらが集まってる因《もと》となっている核がある。宗沢に何らかの思いを抱くモノだ。最初に宗沢にくっついて来た奴の名前が分かると好都合だ。戒名《かいみょう》をつけて成仏させてやる手を使える。核が成仏すりゃあ、そのほかのモノたちの繋がりは切れる」

「繋がりが切れりゃあ弱くなるかい？」

「今の状況は、喩《たと》えて言えば一の力の亡魂が百集まって、百の力の亡魂になってるようなもんだ。その繋がりが切れれば一の力の亡魂が百集まっただけになる」

「一の力の亡魂でも百も集まりゃあおっ怖《かね》ぇよ」

「百の力の亡魂なら、調伏《ちょうぶく》にちょいと手間取るが、一つ一つにばらければ、一気に調伏できる」

「分かった。訊いて来る——。だけど何か聞けてもお前ぇは加持祈禱中だろ。どうやって知らせる？」

「今夜はとりあえず、この家に亡魂どもを封じる。本格的なやつは、お前ぇから話を聞いた後だ」

「宗沢を選んで取り憑いたんなら、きっと知り合いだろう。こっちは知らなくても向こうは知ってるってこともあるが——、まずは宗沢を当たってみる。何か聞けたらここに知らせに来りゃあいいんだな」

「そうだ。分かったら早く行ってこい」

「うん」

庸は頷いて走り出した。

瑞雲は遠ざかる提灯の明かりを見送ると、宗沢の家の戸を開けて、土間に入った。

四

宗沢の家は静まりかえっていた。

瑞雲は土間に立ったまま、気配を探る。

提灯は庸が持って行ったので、明かりはない。しかし、瑞雲は修行で深夜の霊山を駆け回ることもあり、夜目が利いた。

土間から板敷、奥へ向かう廊下に怪しいモノの姿はないが、家の中に息を潜めて瑞雲の動きを注視しているモノたちの気配が満ちている。

瑞雲は板敷に上がる。

中央の床板に四角い切れ込みがあるのが見えた。

「好都合だな」

瑞雲は呟いて担いだ風呂敷包みを置き、四角い切れ込みの中央に空いた小さい穴に指を入れた。引き上げると、床に四角い穴が空いた。囲炉裏《いろり》である。

瑞雲は風呂敷包みを開き、八本の丸い木の棒を取り出して、二本一組で繋ぎ合わせ、長さ五尺（約一・五メートル）ほどの柱を四本作った。それを囲炉裏の四隅に立てて、結界用の索《さく》を四方に張り巡らせた。即席の護摩壇《ごまだん》である。

なにやら呪文のようなものを書き込んだ護摩木を囲炉裏の横に重ね、火つけ道具の箱の中から麻の繊維を摘み上げると、火打ち石で火を点けた。それを空中で回して火を大きくする。

火の点いた麻の繊維を囲炉裏の中央に置き、護摩木をその上に重ねる。無造作に見えたが、その重ね方は亡魂調伏の呪術に乗っ取った組み立て方であった。

護摩木の燃える炎が、辺りを照らした。

土間と板敷を取り囲むように、黒く丸いモノがずらりと並んで揺れている。

モサモサとした毛の塊であった。

髻《もとどり》の切れたザンバラ髪。てっぺんの月代《さかやき》が随分伸びているモノが多く、中には解《ほど》けた女髪らしいモノも混じっている。

数十の生首であった。その顔は髪の毛に隠れている。

生首の形をとった、亡魂たちである。

生首たちは揺れながら護摩壇の前に座った瑞雲に近づく。土間の三和土《たたき》や床板に髪の毛が擦れる音がサワサワと響く。

「ナマク　サマンダ　バサラダン　カン！」

瑞雲は不動明王の印を結び、一字呪《いちじしゅ》を唱える。

生首たちはサササッと後ずさった。

「ナマク　サラバ　タタギャテイ　ビヤクサルバ――」

瑞雲は不動明王の火界呪《かかいじゅ》を唱えながら護摩木を一本ずつ炎に放っていく。

❖

庸は宗沢が身を寄せている横山町の末広屋へ走りながら考えた。

亡魂は関係ない者にも障りをなすことがある。取り憑く場合も同様だ。

どうせなら、自分を殺した奴に化けて出ればいいのに、まったく関係ない奴の元にも出てくる。

だが――。

宗沢に亡魂がついて来たのもそういうことだろう。

庸は別の方向から考えを巡らせた。

頭の中に閃くものがあった。

「もしそうだとすれば、用心しながら確かめなきゃならねぇな……」

店の前に着くと、庸は閉じた蔀戸を叩く。

「末広屋さん。宗沢さんに用があって来た。湊屋両国出店の庸ってもんだ」

中から「はい。今開けます」と声がして、潜り戸が開いた。

中年男が顔を出す。

「済まねぇな、宗沢さんに用があるんだ」

「おおよその話は聞いております。こちらへどうぞ」

男は庸を奥の座敷に誘《いざな》う。

「終わったかい」

宗沢は、行灯のともる座敷に入って来た庸に、ホッとした顔を向けた。

「そうじゃねぇんだ」

庸は宗沢の前に座る。

「まだ終わってねぇって？　じゃあ、何しに来たんだ？」

宗沢は眉をひそめた。

「今、小伝馬上町の家では、知り合いの坊主が加持祈禱を行ってる。その間に、あんたに聞き込みをしに来たんだ」

「何を聞きに？」

「知り合いの坊主は、もしかすると呪いかもしれねぇって言うんだ」

「呪い……？　呪いをかけるのは相当恨みを持った奴だろうが。そういう奴には心当たりはねぇって言ったろう」

「そうなんだよな――」庸は腕組みして首を傾げる。

「おいらもここまで来るうちにちょいと考えたんだ。あんたの知り合いで、お仕置きになった奴はいねぇか？」

「知り合いで？」宗沢は不自由な目をしばたたかせる。

「仕置きになった知り合いが、小塚原のそばを通りかかったおれを見つけて取り憑いたってのかい？」

「もしかして、そういうこともあるかもしれねぇと思ってさ」

「親戚筋でそういう話は聞かねぇ。友達も、ずっと昔に音信不通になった奴は分からねぇが、ここ十年、つき合いのある連中にお仕置きを受けるような悪《わる》はいねぇよ」

「若気の至りでつき合った悪はいねぇかい？」

「賭場にはちょくちょく行ったが、ヤクザ者とは仲良くならねぇようにしてた。目を患ってからは賽《さい》の目なんか見えやしないから、寄りつきもしてねぇ」

「そうかい。目は病で途中から見えなくなったのかい」

「ああ。それまでは飾り職人をしてててな。細かい仕事だから、それが悪かったのかもしれねぇ」

「そりゃあ、大変だったたな――。幾つくらいの時だい？」

「二十歳を少し過ぎた辺りだ」

「今から三十年くれぇ前かい」

「ああ、三十三年前になるな。少しは蓄えがあったが、早く食い扶持を稼げる按摩になろうって、遮二無二《しゃにむに》修業したよ」

「そうかい。苦労したんだな――。じゃあ、やっぱり呪うような奴とか、仕置きになったような奴は心当たりがはねぇか」

庸は溜息をついて首を振った。

「ないね。お前ぇさんも、関係ない奴にくっついて来る霊もあるってなことを言ってたじゃねぇか」

「そうだな。分かった。知り合いの坊主にそう知らせるよ」

庸は立ち上がる。座敷を出ると、廊下で茶を運んできた男に「すまねぇな。急いでるんだよ」と謝り、土間に駆け降りた。

庸は外に出て南へ走る。雨は弱まっていたので、傘は差さなかった。

目指すは八丁堀であった。

❖

走りに走り、江戸橋を渡り、本材木町で海賊橋を駆け抜けて、坂本町の辻を右に曲がる。

多くの店が店仕舞いしている中、遅れて蔀戸を降ろそうとする者や、帰り道を急ぐ者たちが驚いて庸を振り返る。

庸は八丁堀のとある同心屋敷の門前で立ち止まり、膝に手を置いて乱れた息を整えた。

「熊五《くまご》郎《ろう》。湊屋両国出店のお庸だ」

庸は閉じた門に向かって大声で言った。

足音が聞こえ、扉が開いて年寄が顔を出した。熊五郎——、熊野《くまの》五《ご》郎左《ろうざ》衛門《えもん》の家の奉公人の九《く》平《へい》である。

熊野は北町奉行所の定廻《じょうまわ》りの同心で、神田の辺りを巡回し、庸の実家にもよく顔を出して袖の下をせびっていた。見てくれは貧相で威厳もなく、場の空気も読まない男であったが、貸し物に絡む厄介事に時々力を貸してくれていた。

「急用でございますね。すぐに熊野さまを呼んで参ります」

九平は言うと奥へ引っ込んだ。

しばらくすると、夕食の途中であったのか、何かを咀嚼《そしゃく》しながら熊野が現れた。

ひょろりと背が高くなで肩の熊野は迷惑そうな顔で、

「何があった？」

と訊いた。

「二月《ふたつき》前にお仕置きになった奴の名前、分かるか？」

「藪から棒になんでぇ。そんなことを聞いてどうする？」

「そいつが按摩に取り憑いたかもしれねぇんだよ」

「わけが分からねぇな。とりあえず、こっちへ来い」

熊野は庭のほうへ庸を招き、奥の座敷に上げた。行灯をともすと、四畳半ほどの部屋に文机や紐で綴った紙の束を重ねた棚などがぼんやりと照らされた。

庸は座って宗沢に起こった出来事を語った。

「にわかにゃあ信じられねぇ話だな」

熊野は腕組みして口をへの字に曲げた。

「信じても信じなくてもいいぜ。とにかく、二月前にお仕置きになった奴を知りてぇんだ」

「名前が分かれば何の役に立つ？」

「色々だよ。まず、瑞雲が調伏する相手の名前を知れる」

「まずってことは、ほかにも役に立つことがあるのか？」

「なぜ亡魂が宗沢に取り憑いたか、その理由が分かるかもしれねぇ」

「ちょっと待て――」

熊野は棚から綴じた紙の束を取って行灯の側で開く。

「そりゃあ、なんだい？」

庸は紙の束を見ながら訊く。

「おれの留書帖《とめがきちょう》だ――」熊野は庸に顔を向ける。

「奉行所から持って来たんじゃないぜ。探索に必要になるかもしれねぇことは何でも書き取っておくんだ」

「お前ぇそんなに真面目だったのか？」

庸は目を見開く。

「馬鹿にするねぇ。袖の下ばかりせびって歩いてるんじゃない。仕事もしてるさ」

熊野は指を舐《な》めながらペラペラと紙束を捲る。

「一月《ひとつき》に何人もお仕置きになるからな。二月前は十人近ぇ奴らが晒されてるぜ」

「その中に盗賊はいるかい？」

「盗賊——？　鬼火《おにび》の駒八《こまはち》って奴とその手下二人が晒し首になってるな」

「お前ぇ、その鬼火の駒八って盗賊に詳しいかい？」

「詳しいも何も、おれがずっと追いかけて捕らえた」熊野は胸を張る。

「おれの親父の代から目をつけてたんだ」

「じゃあ、昔のことも分かるかい？」

庸は目を輝かせる。

「親父が書いた留書帖もある」

熊野は棚に紙の束を戻し、別の紙束を一抱え取り出して、庸の前に置いた。

「奉行所まで行って調べてもらう覚悟をしてたが、手間が省けるぜ」

「で、駒八の何が知りてぇ？」

「飾り職人が盗賊の仲間になるとしたら——」

「鍵師だろうな」

熊野は即座に答えた。

「やっぱりな」

「宗沢って按摩と鬼火の駒八一味の鍵師、何か関わりがあるのか？」

「宗沢は一味の鍵師だったんじゃないかと考えた」

「だって、宗沢は目が不自由なんだろ？　飾り職人なんか出来るわきゃあねぇだろ」

「病で見えなくなったが、その前は飾り職人だったって言ってた」

「飾り職人がみんな盗賊の鍵師になるってわけじゃねぇぜ」

熊野は顔の前で手を振る。

「おいらは瑞雲に言われて、宗沢に聞き込みに行った。奴に投げかけた問いに、『あんたの知り合いで、お仕置きになった奴はいねぇか？』ってのがあった。その時の宗沢の表情がひっかかったんだ。奴は目をしばたたかせて、『知り合いで？』とこっちの問いを繰り返した。それまで亡魂に憑かれる心当たりはないかなんて問いには即座に『ねぇ』って答えてたのにさ」

「それだけかい」熊野は下唇を突き出す。

「それだけで盗賊の一味って考えるのは飛躍しすぎだな」

「宗沢は三十三年前から按摩の修業を始めたって言ってた。その頃、鬼火の駒八の一味を抜けた鍵師はいねぇかい？　もしいなかったら、おいらの読み違いだ」

庸に言われて、熊野は留書帖の山から綴った紙束を一つ選び出し、中を確かめる。

「鍵屋の丈吉《じょうきち》――」

「三十三年前に抜けた奴かい？」

「その頃から姿が見えなくなり、別の鍵師が入《へえ》ったようだ」

「鍵屋の丈吉は――」庸は顎を撫でる。

「その頃、一味の金を盗んで姿を消した。鬼火の駒八は恨み骨髄。捕らえられて晒し首になったが、そこへ鍵屋の丈吉――、按摩の宗沢が通りかかった。それで『おのれ、丈吉。恨みはらさでおくべきか』って取り憑いたってのはどうだい？」

「駄目、駄目」熊野は鼻で笑う。

「もし、金を盗んでトンズラこいたんなら、駒八は草の根を搔き分けても捜すだろうぜ。目を患っていたんなら、調べは早ぇ。座頭の位をもらってるんなら、当道座に入《へえ》ってるんだろう。だとすりゃあそっちに手を回せばすぐに見つかる」

「なるほど、そうだよな……」

庸はしょげた顔になる。

「鬼火の駒八は、今時珍しい盗賊でな。お仕置きになるまでに数千両を盗んだんだが、狙ったのは評判の悪い大店《おおだな》ばかり。店の者が朝起きて蔵の鍵を開けて中を見るまで、誰も忍び込まれたことに気づかなかった。お仕置きを受ける時も、命乞いもせず潔かったぜ。そんな奴が亡魂になるかな」

熊野は腕組みして首を傾げた。

「うーん……」

景迹をしくじったか……。

亡魂の正体が分からなければ、瑞雲の助けにならないが仕方がない。

「鬼火の駒八の本名は、駒八かい？」

「ああ。泉州《せんしゅう》（和泉国《いずみのくに》）の無宿者だ」

「とりあえず、瑞雲に知らせてみるよ」

甫は腰を上げる。

「宗沢って按摩、どうする？」

熊野は座ったまま甫を見上げる。

「どうするって？」

甫は訊き返す。

「もし、鍵屋の丈吉だったらどうするかって訊いてるんだよ。おれが捕まえていいのか？」

「うん……」

甫は迷った。

宗沢は両国出店を開店して間もなくからの常連であった。愛想がよく、損料の払いもきちんとしている。貸し物を届けに行った時に聞いた近所や客の評判もいい。以前盗賊の一味であったなど思いもしなかった。

もし、宗沢が鍵屋の丈吉だったとすれば、この件がなければ正体を知られることなく按摩を続け、おそらくは天寿をまっとうしたのではなかろうか。

「お得意さんを八丁堀に売ってもいいのかって訊いてるんだよ」

「そういう言い方するなよ」

庸は頬を膨らませる。

「寝覚めが悪くならねぇか？　もし寝覚めが悪くなるようなら、この話、聞かなかったことにしてもいいぜ」

「見逃してくれるっていうのか？」

「鬼火の駒八とその右腕、左腕が晒し首になり、ほかの仲間たちは遠島《えんとう》や所払いになった。鍵屋の丈吉はずっと前に足を洗ったんだし、目が不自由になり、それなりに苦労をした。お庸が見逃してくれって言うんなら見逃してもいいって言ってるんだよ」

「そういう判断をおいらに任せるんじゃねぇよ」

顔をしかめる庸を、熊野は面白そうにニヤニヤしながら眺めている。

庸は溜息をついて言う。

「今は人のいい小金持ちの按摩だったとしても、過去に盗みを働いた事実は消えねぇし、その罪を償ってもいねぇ。とっ捕まっても文句は言えねぇだろ」

「意外と冷てぇ娘だな」

「小狡《こずる》い八丁堀に言われたくねぇな。どうせ、おいらが見逃してくれって言ったら、それをネタにこれからちょくちょく小銭をせびりに来る魂胆だろ」

「そんなしみったれたことは考えてなかったぜ」

熊野は大笑いした。

「それじゃあな。ありがとうよ」

庸は熊野の家を辞した。

五

囲炉裏の護摩壇で護摩行を行う瑞雲の周りには、毛の塊が蝟集《いしゅう》していた。土間から板敷まで、無数の生首が押し寄せているのである。それらは、微かな髪の擦れ合う音を立てている。

動くたびに、首の斬り口が土間や床板に付いたり離れたりする湿った音もあちこちから聞こえた。

瑞雲はその音をかき消すような大音声《だいおんじょう》で不動明王の真言を唱える。

護摩の炎の熱で、瑞雲の顔は真っ赤になり、汗が流れ落ちている。

瑞雲は両手の親指の尖端を触れ合わせ、残りの四本を真っ直ぐ伸ばし、浅く組み合わせる。地界金剛橛の印である。

「オン　キリキリバザラバジリ——」

と、その真言を唱える。

次に親指を上にして、それ以外の真っ直ぐ伸ばした四本を複雑に組み合わせる。金《こん》剛墻《ごうしょう》の印であった。

そしてその真言を唱える。

「オン　サラサラ　バザラ――」

目に見えない力の矢来《やらい》が家全体と、土間、板敷を囲んだ。小塚原からの霊の道筋は封じられた。

後は、庸が戻って来るまでこいつらを押さえつけておけばいい。庸が来れば、その気配で分かる――。

生首たちが騒ぎ出す。結界を張られたことを知ったのである。

ザワザワと揺れながら、囲炉裏の前の瑞雲に向かって進む。

板敷の生首たちは瑞雲の体によじ登る。

冷たく湿った切り口が体を這う。

板敷の生首たちは瑞雲の体を覆い尽くし、土間から押し寄せる生首がその上に重なっていく。

生首の形をとった亡魂たちは実体を持たぬモノであったが、干渉する相手に感触も重さも感じさせる。実際の生首は一つ一貫半（約五・六キロ）ほどの重さがある。それが実感として瑞雲にのしかかる。

「ナマク　サラバ　タタギャテイ――」

瑞雲は不動明王の根本印を結び真言を唱え続ける。

生首の一部は、護摩壇に押し寄せ破壊しようとするが、囲炉裏の縁《へり》に触れると青白い火花を散らして後方に吹っ飛ぶ。そして空中で渦巻く茜《あかね》色の炎と化し、空間に吸い込まれるように消える。

「結界を破ろうなど、小賢しいことをするからそういうことになる。護摩壇に触れれば、地獄にも極楽にも行けず、輪廻《りんね》することもなく消え去るぞ」瑞雲は呟くように言う。

「煉獄《れんごく》に堕ちたとしても、そこで罪を贖《あがな》えば、仏になる道はある。大人しく待っておれ」

しかし、生首たちは護摩壇を壊そうとする動きを止めない。次々と囲炉裏の縁に当たっては弾き飛ばされ、炎の渦となって消えていく。亡魂は少しずつ減っていったが、それでも土間と板敷、そして瑞雲の体の上に折り重なるほどの数の生首がうごめいていた。

今、瑞雲の脳裏には、土間と板敷に集まった霊たちの記憶の断片が流れ込み、渦を巻いている。

それらは、相互に関係のあるものが結びつき、解け、また結んで、筋道を組み立てていく。

集まったほとんどの亡魂が、道を見つけたからついて来ただけ――。

仕置きされたモノたちであるから、それぞれが邪悪な心や、強い恨みつらみを抱いている。

それらが瑞雲の読みを狂わせていたことが分かった。瑞雲にのしかかってくる亡魂たちの中に、大元である最初に仕置場を抜け出した霊はいなかった。

土間の隅に、瑞雲と護摩壇に押し寄せる亡魂とは違う気配があった。

戸惑い――。

自分がやったことの結果に戸惑っている。

最初に仕置場を出たモノの気配であった。

「お前ぇら邪魔だ」

瑞雲は右手の人差し指と親指の先を触れ合わせ、不動三鈷印《ふどうさんこいん》を結び、横に振った。

瑞雲の体が黄金《こがね》色の光を発した。

体の上に折り重なった生首の姿をとった亡魂たちは弾かれて転がり落ちる。

亡魂たちはザワザワと後ずさる。

瑞雲は土間の隅のソレに己の意識を触れて思いを読み取る。

首を落とされた衝撃の後の暗黒――。

気がついた時、台の上に晒されて鴉《からす》につつかれ、腐り始めた自分の首を見上げていた。

長く続けた盗人《ぬすっと》家業の罪が心を締めつける。

そうやって、どのくらいの間、後悔に苛《さいな》まれていたろうか。

どこからか懐かしい気配を感じた。

仕置場の外の道を、駕籠が走って行く。

乗っているのは昔の仲間だった。

そうか。足を洗って按摩になったか。娑婆で、ちゃんと暮らしているんだ。

おれも、足を洗うんだった――。

ふらふらと街道へ歩いて行くと、体が竹矢来《たけやらい》を通り抜けた。

そうか。竹矢来も牢の格子も、もうおれを妨げることはない――。

フワフワと宙を漂いながら駕籠の後ろをついて行った。

仕置場に漂っていた霊たちが、竹矢来を通り抜ける道筋を見つけた。

竹矢来の外の明るい場所へ行きたい――。

仕置場に押し込められていた数多くの霊は最初に仕置場を抜け出した霊を追って、外へ出て行った――。

「なるほど、そういうことかい……」

瑞雲は呟き、護摩木を炎に放り、真言を唱え続けた。

❖

庸が宗沢の家に戻ったのは、夜更けであった。

蔀戸《とくとう》の前に立って潜り戸を叩こうとした時、中から瑞雲が出て来た。

禿頭も顔も汗まみれである。護摩の炎に炙《あぶ》られて頬や鼻が軽い火傷《やけど》で真っ赤になっていた。

「大丈夫かい？」

庸は瑞雲の顔を見て眉をひそめた。

「心配ない」瑞雲は首を振って訊く。

「宗沢は昔、盗賊の一味だったろう？」

「なんでぇ。霊から訊きだしたのかい。それじゃあ名前も分かったろうが」

庸はがっかりした顔で言う。

「いや。探り出せたのは、自分の晒し首の辺りを漂っていた時に、昔馴染みを見かけてふらふらついて行ったたってところまでだ」

「そうかい。そいつの名前は鬼火の駒八。人を殺さない盗賊だったそうだ」

「なるほど――。鬼火の駒八って奴は、宗沢が羨ましかったようだ」

「羨ましかった？」

「ああ。宗沢の昔の名前は分かるか？」

「たぶん、鍵屋の丈吉。熊五郎に調べてもらった」

「そうか。鍵屋ってくれぇだから、鍵師だな。羨ましくなったんだろう。そいつが足を洗って按摩になり、真っ当に生きていることがな。自分も早く足を洗っていれば、惨めな姿を晒されるような最期を迎えずにすんだろうってな」

「恨みじゃなかったのかい」

「恨みつらみは、駒八の霊の後を追って小塚原を出た亡魂たちのものだった。駒八の霊は自分がしでかしたことに戸惑っている」

「そうだったのかい……。だけど、なんで駒八は猫の真似なんかしたんだ？」

「猫の真似なんかしてねぇ」

「だって、おいらが確かめに行った時、『にゃー』って言ったぜ」

「お前ぇ程度の霊力だと、おっ怖ぇほうに引っ張られるんだよ。生首がにゃーって鳴いたら怖ぇって思ったからそう聞こえた」

「そんなこと思ってなかったぜ」

庸は膨れる。

「聞こえたんだから、心の底ではそう思ってたんだよ」瑞雲は鼻で笑う。

「強がっていても小娘は小娘だ」

庸に膨れっ面のまま瑞雲に手を伸ばし、鼻の頭を指で弾いた。

「痛ぇ！　なにしやがんでぇ！」

瑞雲は鼻を押さえて怒鳴る。目に涙が浮かんでいた。

「名前が分かったんだから、戒名をつけてさっさと弔《とむら》ってやりな」

庸がそう言った時、背後から声がした。

「おれにも手伝いをさせてもらえないかい」

庸は驚いて振り返る。

そこには宗沢が立っていた。

「宗沢さん、なんでここにいるんだ?」

庸は眉をひそめた。

「お前ぇさんに『心当たりはないか』って訊かれた時、もしかしたら昔の仲間がお仕置きになって迷ってるんじゃやねぇかって思ったんだよ。それで、横山町の親戚の家を抜け出して、そこの小路に身を潜めて様子をうかがってた——。猫の正体が鬼火の親分だって話、聞かせてもらったぜ」

「そのままトンズラこいとけばよかったのに……」

庸はしかめっ面をする。

「それも考えたが、目が不自由じゃ遠くまでは逃げられねぇさ。それに八丁堀に話を聞きに行ったんだろう? 熊五郎ってのは、たぶん熊野五郎左衛門。やつのお父っつぁんはずいぶんしつこく鬼火の一味を追ってたからな。八丁堀に正体が割れちまってるんなら逃げても仕方がねぇさ」

「熊五郎はあんたをとっ捕まえる気はねぇような感じだったぜ」

「ほぉ。そうかい」

宗沢は意外そうな顔をする。

「おおかた、大分前に足を洗ったんならそれでいいと思ってるんじゃねぇかな」

「決心が揺らぐようなことは言わねぇでくれよ」宗沢は苦笑する。

「そんなことより、まずは駒八の弔いだ。手伝わせてくれるだろ？」

宗沢に訊かれて、瑞雲は頷いた。

「駒八も喜ぶだろうぜ。それに、拝んでくれる者が多いほど、成仏への道程《みちのり》は短くなる」

瑞雲は手招きして潜り戸を開ける。そして庸を振り返った。

「お前ぇは駄目だぜ」

「拝む者が多いほど、成仏への道程は短くなるんだろ」

庸は宗沢の手を取りながら答えた。

瑞雲は渋い顔をして、左手の拳を右手で包み込む、摩利支天隠形印《まりしてんおんぎょういん》を結び、「オンアニチヤ　マリシエイ――」と隠形呪《しゅ》を唱える。

瑞雲は印を解くと、

「これでお前たちの姿は亡魂らには見えない。ただし、大きな声で話をするなよ。術が解ける」

と言いながら、潜り戸をくぐった。

「分かった」

庸は小声で答え、宗沢の手を引いて後に続いた。

六

土間に入った途端、庸は顔をしかめた。

腐臭や生臭い臭い、垢や汗がこびりついた髪の臭い――。そういったものが息をするたびに鼻腔を刺激した。これほどの臭いであるから、霊感の無い宗沢にも感じられるのだろう。しかめっ面をしていた。

そして、囲炉裏の護摩壇の炎に照らされた土間と板敷を埋めつくすように生首がうごめいているのを見て、息を飲み立ち止まった。

手を引かれていた宗沢は、口元に笑みを浮かべる。

「目が不自由でよかったと思うような景色が広がってるんだろうね」

「おいらが見ているモノを詳しく説明してやろうか」

庸は震える声で答える。

「結構だよ。臭いで分かるぜ。もしかするとおれのほうが、お前さんが見ているモノより凄惨な光景を思い描いているかもしれないがね」

宗沢は言いながら、顔を巡らせる。よく見えない目で何かを探しているような様子だった。

「鬼火の駒八親分！」

宗沢は大きな声で呼んだ。

生首たちのうごめきがピタリと止まった。

「おい、宗沢さん」庸は小声で言い、その袖を引っ張る。

「大声出しちゃ駄目だって」

しかし、宗沢は庸の忠告を聞かず、もう一度大声で呼ぶ。

「鬼火の駒八親分！」

生首たちが一斉に振り返り、宗沢を見た。

「おれだ！　鍵屋の丈吉だ！」

生首の群がザワリと動く。そして、ゆっくりと宗沢に向かって動く。

瑞雲は舌打ちして隠形印を結び、隠形呪を唱えかける。

「待ってくれ！」宗沢は叫ぶ。

「隠形呪をかけられたら、親分からおれが見えなくなる！」

生首たちの動きが速くなる。

宗沢と庸の足元に集まった生首たちは濁った目で二人を見上げた。それらの上を乗り越えて多くの生首が押し寄せて来る。

「オン　アニチヤ――」

瑞雲がふたたび隠形呪を唱えかけた時である。

生首の群の一角が大きく動いた。

一つの生首が、ほかのモノたちを掻き分けて、宗沢のほうへ進んでくる。獣のような唸り声を上げていた。

二つ、三つと生首が宙に飛ばされる。

こちらに突進する生首が、行く手を塞ぐモノたちに齧《かじ》りつき、放り投げているのだった。

宗沢と庸の周りから生首が後ずさる。

仲間を攻撃していた生首は、宗沢の足元に辿り着いて、宗沢を仰ぎ見た。

「鬼火の親分かい？」

宗沢はしゃがみ込んで、よく見えない目で駒八の顔を確かめようとした。

「すまねぇな親分。もうほとんど目が見えねぇんだ」

宗沢がそう言うと、乾いてひび割れた生首の唇が動いた。

「じょうきち……」

空気が漏れるような掠れた声が聞こえた。

「親分……」宗沢は生首を胸に抱き締めた。

「おれが足を洗うのをすんなり認めてくれたお陰で、あれから今日まで幸せに暮らせやした。ありがとうございやした」

瑞雲は板敷に上がって懐から数珠を取り出し、般若心経を唱える。

「摩訶般若波羅蜜多心経《まかはんにゃはらみったしんぎょう》――」

朗々たる声の読経が空気を震わせた。

生首たちの多くはその声に聞き入り、涙を流すモノもいた。

瑞雲は経を唱えながら護摩木の一本に、駒八の戒名を書き込む。そしてそれを炎の中に差し込んだ。

宗沢が抱いた駒八の生首が黄金色の光を放ち始めた。

読経を終えると、瑞雲は立ち上がる。そして周囲の生首の群を見回した。

「戒名をつけられなくても、隠世《かくりょ》（あの世）の手前までは送ってやる。あとはお前たちの心がけしだいだ。小塚原から抜け出した時のように、駒八について行け」

瑞雲は懐から小さい巾着袋を出し、口の紐を解いて中に指を差し込む。そして一つまみの砂を出し、周囲に撒いた。

「オン　アボキャ　ベイロシャノウ――」

光明真言《こうみょうしんごん》を唱える。

土砂加持《どしゃかじ》――、十悪五逆四重諸罪《じゅうあくごぎゃくしじゅうしょざい》を犯した罪人であっても成仏させることの出来る秘法である。

宗沢が抱いた駒八の首から発する光が強まり、真夏の太陽のように輝く。

そして、目映い光の細片となって弾け飛んだ。

無数の光点が螺旋《らせん》を描きながら天井に昇って行く。

土間と板敷を埋め尽くしていた生首たちは、蛍のような緑の小さい光に変じた。ふわふわと飛んで、駒八の光の螺旋に飛び込んで行く。

黄金色の光の螺旋に包まれて、緑の光も上に昇る。

それは天井板、屋根瓦も通り抜けて、どこまでも、どこまでも昇って行った。

土間と板敷は静まりかえり、護摩木の燃える音だけが聞こえている。

「鬼火の親分は、成仏したのかい？」

宗沢は、首を抱いた格好のまま訊いた。

「三途《さんず》の川は渡れる。後は本人の改心しだいだな」

瑞雲は答えた。

「そうかい……」

宗沢は立ち上がり、膝の土埃を払う。

「あんたはこれからどうするつもりだい？」庸は訊いた。

「おいらたちに盗賊の一味だったって白状をしたようなもんだ」

「ずっと隠し通してきて、こいつぁ、畳の上で死ねるかもしれねぇって思ってた」宗沢は微笑《ほほえ》んだ。

「だが、お仕置きで無惨な姿になった鬼火の親分が、おれを懐かしく思ってついて来たってんだから、こりゃあ恩返しをしなきゃなるめぇよ。知らん顔してるわけにゃあいかねぇ」

「駒八は、自分のせいでお前まで仕置きになるのを喜んじゃいないだろうぜ」

瑞雲が言った。

「いいんだよ。ずっと後ろめたさがつきまとっていた。盗人をしていたおれが、こんなに幸せに暮らしていていいものかってさ。なんだか、スッキリしたよ。明日、くめの身の振り方を決めてやってから、熊野の旦那のところへ行く」

「いい覚悟だ」

庸は頷いた。

「おれのお布施も忘れるな」

瑞雲は囲炉裏の護摩壇を片付けながら言う。

「分かってるよ。幾らだ？」

「五両」

瑞雲は土間に降り、庸の横に並ぶ。

「鬼火の親分の供養料だ。耳を揃えて払ってやるよ。明日、くめを使いに出す」宗沢は言葉を切って、不自由な目を庸と瑞雲に向ける。

「世話になったな。これから後始末の段取りをするから、引き揚げてくんな」

「分かった。それじゃあな」

庸は、頷いて土間を出る。

宗沢とはもう会えないであろう。ならばもう少し話をしたいと思ったが、何を話せばいいのか思いつかなかった。

後ろ髪を引かれる思いで、庸は宗沢の家を辞した。

❖

翌朝、弱い雨が降り続いている。

庸はもやもやした気持ちで帳場に座っていた。

「宗沢さんのこと、気に病んでいるんですか？」

松之助が帳場机に庸の湯飲みを置いた。

「気に病んでるわけじゃねぇよ」

庸は湯飲みを両手で包み込むようにして茶を一口啜る。

「宗沢さんが選んだ道でしょ。だったら、それが一番ですよ。たとえ晒し首になったって、宗沢さんは満足なんじゃないですか」

「それはそうなんだけどよ……。命あっての物種って言うじゃねぇか。おいらが余計な詮索をしなかったら、宗沢が昔盗人だったってこともばれなかった」

「けれど、お庸さんが詮索したから炬燵の猫が鬼火の駒八の亡魂だって分かったんでしょ。それで瑞雲さんが戒名をつけて成仏させたって仰ってたじゃないですか。だったら、こうなることは宿命だったんですよ」

「うん……。だけど、もっといい方法もあったんじゃないかと思ってさ」

「今のお庸ちゃんが精一杯やったことならそれが正解だが、そう考えるのは悪いことじゃねぇな」と、今日の追いかけ屋、綾太郎が帳場の裏から顔を出した。

「今回のことにすっかり満足して、『これでよかった』ってなれば、心になんの引っかかりも残らねぇ。だけど、今お庸ちゃんが『もっといい方法があったかもしれねぇ』って考えて心に引っかかりを残してりゃあ、もう少し年を取って今より賢くなったら『ああ、あの時はこうすりゃあよかった』って気がつくだろうぜ」

「でもその時にゃあ『何であん時に思いつかなかったんだろう』って後悔するだろうな」

「そりゃあ、仕方がねぇさ。人なんてもんは日々育っていくんだ」

「まぁ、そういうことだな」

と言って入って来たのは宗沢であった。

庸と松之助、綾太郎は目を丸くする。

「宗沢！　お前ぇ、熊五郎のところに行かなかったのか？」

庸の声は裏返る。そしてその顔は険しくなった。

「行ったよ」

宗沢は杖で足元を探りながら上がり框に腰掛けて溜息をつく。

「行ったが、捕らえてもらえなかったんだよ」

「見逃してもらったってことで？」

松之助が訊く。

「そういうわけでもねぇんだな」

宗沢は後頭部を撫でた。

「何があった？」

庸は険しい表情のまま問う。

「今日の朝、くめの長屋に話をしに行き、瑞雲さんへのお布施と次の奉公先への文を渡した後、熊野さまの家を訪ねた。廻り髪結いが来ていたんで、そいつが帰るのを路地で待った。入り口で声をかけると、小者が出て来て少し待つように言われた」

「早く本題に入りな」

庸は苛々と言う。

「庭に廻るように言われて、行ってみると、熊野さまが縁側に座ってらした。そして、おれの顔を見て舌打ちをして『なんで来た？』と仰った。おれは、鬼火の駒八一味を抜けてから今までのことを語った。昨夜《ゆんべ》のこともな。それで、鬼火の一味が捕らえられてお仕置きになったのだから、おれだけのうのうとしているわけにはいかねぇと訴えた。捕らえておくんなさいとな」

「熊野はなぜ捕らえなかったんだ？」

綾太郎が訊く。

「熊野さまは顔をしかめて、『お奉行さまは、とうの昔に足を洗った盗人を裁くほど暇じゃねぇんだよ』と仰った。『死罪なんてなれば、お城までお伺いに行かなきゃならねぇ。今、そしてこれから先、盗みをしそうにねぇ奴に関わる暇があるなら、今、これから先に盗みをする奴を追いかけ、捕らえて裁かなきゃならねぇんだよ』ともな」

「それで無罪放免かい」

庸は吐息をつく。宗沢はちゃんと熊野のところへ行った。そして、見逃してもらい、ここに報告に来た。それならそれで、目出度《めでた》いことだ。ちゃんと筋を通したのだから――。

「見逃してもらったわけじゃねぇって言ったろ」

宗沢は首を振る。

「どういう意味でぇ」

「熊野さまはその後に、『お裁きを受けたとして、おそらく極刑になることはあるめぇ。軽くて所払い。重ければ遠島だ。お勤めが終われば、お前ぇは肩の荷を下ろすだろう。それでスッキリされちゃあ面白くねぇ。息を引き取るその時まで後ろめたさを抱えながら生きていくのが、お前ぇの償いだ』って仰った」

「なかなかいいことを言うじゃねぇか」

綾太郎が微笑む。

「それだけじゃねぇんだよ。『お前ぇは色んな客を相手に揉み療治をする。様々な噂話も入ってくるだろう。それをおれに伝えに来い、そのついでにおれの体も揉め』ってさ」

「なんだい、そりゃあ」

庸は呆れた顔をした。

「そして『体を揉んでもらいながら、頼み事をするかもしれねぇ。どこそこの武家地を歩いて、話を集めて来いとかな』だそうだ」

「つまり、熊野の密偵になれってことかい」

綾太郎は鼻に皺を寄せた。

「熊五郎の野郎……」

庸の中で、宗沢が捕らえられなかった安堵《あんど》と、熊野の小狡さに対する怒りがない交ぜになった。

「まぁ、いい落としどころかもしれねぇよ」宗沢は言った。

「これまでと同じ暮らしが出来て、少しだけ世の中の役に立てるんだからな」

宗沢は「それに」と言いながら立ち上がる。

「また、くめに面倒を見てもらえる。あの婆ぁさんは、ほんとによく気が利くんだ」

「それじゃあ、文を取り返さなきゃならねぇな」

庸は言う。

「これから急いで訪ねるよ。お庸ちゃんにもまた世話になるからよろしく」

宗沢は戸口へ歩く。

「今日中に炬燵を返してもらいに行くぜ。もう必要ねぇだろう」

庸は宗沢の背中に言った。

「ああ。もう猫が迷い込んで来ることもねぇだろう」

宗沢は手を振りながら外へ出た。

たくし上げた暖簾の向こう側に曇り空が見えた。

先ほどまで降っていた弱い雨は止み、雲間に水色の空が覗いていた。

そろそろ梅雨も終わりであった。

夏至の日の客

一

強い陽光が濃い影を地面に焼きつけている。喧《かまびす》しい蟬《せみ》の声が青空に吸い込まれていく。町を行く人々は、家々の影の中を、扇子や団扇で顔をあおぎながら歩いている。水売りや甘酒売りの声があちこちから聞こえていた。

庸《よう》は綾太郎《あやたろう》と共に、その男の後ろを歩いていた。

男は夏物の小袖に軽衫《かるさん》。菅笠《すげがさ》の下の髪は総髪を結っていて、学者か医者のような風情であったが、年は若い。顔に玉の汗を浮かべて小さい風呂敷包みを抱え、背中を丸めて足元を見つめるようにして歩いている。

曇ってたり雨が降ったりしてたら、事は面倒になっていたろう。カンカン照りになってよかったぜ――。

小さく溜息をついた庸の横にスッと勘三郎《かんさぶろう》が歩み寄って、小さく頷《うなず》いた。

庸は肯き返し、前を行く男に声をかけた。

「柴田《しばた》洪順《こうじゅん》」

洪順と呼ばれた男はギクリと身を震わせて足を止め、庸を振り返った。そして、怪《け》訝《げん》な顔をする。自分を呼び止めたこの娘は誰だろうと訝《いぶか》しんでいる様子である。

「湊屋両国出店《みなとやりょうごくでだな》の庸だ」

庸は名乗った。それでも洪順はなぜ声をかけられたか理解出来ないらしく困った顔になった。

「一年前、お前ぇはウチに物を借りに来た。覚えてねぇかい？」

庸の言葉に、洪順は目を見開いた。どうやらやっと理解したようである。

そして、洪順は踵《きびす》を返し走り出そうとした。

綾太郎と勘三郎が回り込み行く手を塞ぐ。

洪順は怯えた顔で後ずさる。

野次馬たちが興味深そうに三人、四人と立ち止まる。

「確かに借りに行ったが、結局借りなかったじゃないか……」

洪順は上擦《うわず》った声をあげる。

「ウチが貸したか貸さなかったかなんてどうでもいいんだよ。借りなかったからいいってことじゃすまねぇってのは、お前ぇがよく知ってるだろ」

庸が言うと洪順は唇を嚙み、目を泳がせた。

「観念して、ちょいと顔を貸してもらおうか」

庸は顎で洪順を誘《いざな》う。

洪順は小さく頷いて、庸の後をトボトボと歩いた。綾太郎と勘三郎は洪順が逃げ出さないよう、その背後についた。

◆

一年前の夏至《げし》の日である。

空は雲一つない青空であったが、陽はまだ矢ノ蔵の向こう側に隠れている。

今日も暑くなりそうだと思いながら庸は帳場に座った。店の中はまだ涼しい。

松之助《まつのすけ》や、今日の追いかけ屋が来る前の早朝に、柴田洪順は訪ねて来た。むろん、洪順が暖簾の向こう側から怖《お》ず怖ずと店の中を覗き込んだ時、庸はその名を知らない。

「あの……」

という洪順の言葉と「何を借りてぇ？」と問う庸の声が重なった。

「ギヤマンの杯《さかずき》を」

と言いながら、洪順は土間に入る。

麻の小袖と軽衫。髪は総髪を結っている。

「医者かい？」

庸は訊いた。

「いえ——。本草学《ほんぞうがく》を学んでおります」

「本草学者の卵かい。先生は？」

「内藤玄丈《ないとうげんじょう》先生です……」

「知らねぇ名だな。どこに住まいしてる？」

「三河町です」

「あんた、住み込みかい？」

「はい」

「三河町っていやぁ、ここから半里（約二キロ）以上西だ。三河町の近くにも貸し物屋はあるはずだ。なんでわざわざウチに来た？」

「湊屋は『無い物はない』ってうたっているので、ギヤマンの杯も置いているんじゃないかと思いまして」

洪順は居心地悪げに身じろぎをする。

「ギヤマンは高価だからな。で、何でギヤマンの杯を借りてぇ？」

「祝杯を上げようと……」

「祝杯？」

「玄丈先生が本を出されたので、そのお祝いを」

「ふーん。祝杯のためにわざわざギヤマンの杯を使うかい」

「はい……。葡萄《ぶどう》の酒を手に入れまして。湯飲みではちょっと」

洪順は引きつった笑みを浮かべる。

その時、松之助と綾太郎が同時に土間に入って来た。

「おはようございます」

松之助は洪順に挨拶をし、綾太郎は追いかけ屋の定位置、帳場の裏に入った。

「葡萄の酒かい。珍しいな。どこで手に入れた？」

「知り合いの唐物屋（貿易商）から……。何で、根ほり葉ほり訊くんです？」

洪順は少し怒ったように言う。

「貸し物をよからぬことに使おうって奴がいるからだよ」

庸は洪順の顔をじっと見つめながら答えた。

洪順の顔色が変わったように庸には思えた。

「そんなこと、考えていませんよ」そこで急に言葉が荒々しくなる。

「失礼な奴だな。疑われるんなら借りなくてもいいよ！」

洪順は言い捨てると荒々しく土間を出て行った。

「何かよくねぇことを考えてやがるな」

綾太郎が帳場の裏から出て来る。

「何も借りなかったから」松之助が眉をひそめる。

「追わなくたっていいでしょ」

「悪いことをしようってのを見逃せって言うのか？」

庸は松之助に怖い顔を向ける。

「そういうこった」

綾太郎は松之助に顔を近づけてニヤリと笑うと、店を出て行った。

「いいか、松之助」庸は松之助に体を向ける。

「何も貸さなかったから、こっちには損は出ねぇが、他人《ひと》さまが迷惑するかもしれねぇことは放っておけねぇだろ。これはいつものお節介とは違うんだ」

「左様でございますね」松之助は口をへの字に曲げる。

「分かりました」

「手に負えねぇ奴らの一味だったと分かったら、八丁堀の熊五郎《くまごろう》に任せる」

「それを聞いて安心しました」

松之助はニッコリと笑った。

❖

洪順は両国出店を出ると、神田川沿いの柳の土手下を西に歩いた。古着屋の露天や屋台が並ぶ界隈を過ぎ、須田町二丁目の辺りで左に曲がる。綾太郎は通行人を数人間に挟み、洪順の後を追っている。

洪順は立ち止まってキョロキョロと辺りを見回す。そして何か見つけたように足を速めた。

洪順が入ったのは損料屋（貸し物屋と同義）の看板が出ている店であった。

綾太郎は店先をゆっくりと通り過ぎながら中を覗き見る。両国出店よりも大きな店で、洪順は番頭らしき男と何か話している。男は頷いてすぐに奥へ入った。

綾太郎は路地に身を潜めて、洪順が出て来るのを待った。

ほどなく、洪順は四角い風呂敷包みを抱えて店を出て来て、須田町を南に進む。

通新石町の辻を右に曲がり、そのまま真っ直ぐ歩いて三河町に入った。神田橋御門近くの武家地の側である。

洪順は一軒の町屋に入った。町屋といっても板塀に囲まれた入母屋《いりもや》のなかなか立派な構えで、裏手に蔵が二つ見えた。

「こりゃあ、勘三郎を連れて来るんだったな……」

綾太郎は独りごちる。勘三郎は綾太郎の仲間の蔭間で、元盗賊である。

「まぁ、仕方がねぇか」

綾太郎は屋敷の裏に廻り、人目がないことを確認した後、尻端折りをして帯に草履をはさみ、板塀に取りついた。危なげなく塀を上って、裏庭に飛び下りた。すぐ目の前は蔵の白壁であった。

姿勢を低くして綾太郎は蔵の脇から裏庭を覗く。母屋の濡れ縁を歩く洪順の姿が見えた。

洪順は屋根つきの渡り廊下を進み、離れの障子を開け、中に入った。

すぐに出て来て、小走りに母屋に消え、手桶を持って現れた。桶は濡れていて、どうやら中には水が満たされているらしい。

洪順は離れに入り、それきり姿を見せない。

生憎《あいにく》、離れの出入り口は正面の障子だけで、綾太郎のところからは中は見えなかった。場所を移すにも裏庭には築山も植え込みもなく背の低い雑草が生い茂るばかりなので、身を隠せる物はない。綾太郎は蔵の横から離れへの洪順の出入りを見張るしか手はなかった。

時はゆるゆると進み、裏庭の影が移動して行く。

囲炉裏でもあるのか、離れから薄い煙がたなびき、すぐに消えた。

空の色が青から水色に変わり、緑味を帯び、やがて茜になった。

洪順が濡れ縁に出て来て、手桶の水を捨てた。もう一度離れに入り、桶の中に風呂敷包みを入れて出て来て、母屋に戻った。

綾太郎は蔵の脇を離れ、塀を乗り越えて通りに出る。

洪順が家を出て来るのが見えて、綾太郎はサッと路地に身を隠す。

洪順は四角い風呂敷包みを抱えていた。

そしてさっき来た道を戻り、須田町の損料屋に入った。

洪順が店を出て来た時、その手に風呂敷包みはなかった。

「もう返しちまったのかい……」

綾太郎は、洪順が家に戻ったのを確かめた後、近所の店仕舞いをしかけている荒物屋に声をかけて、洪順と師匠の内藤玄丈の聞き込みをした。

二

空が濃藍色に染まる頃、綾太郎は両国出店に戻った。

「もう返したのかい……」

綾太郎の報告を聞き、庸は燈台を灯した帳場で腕組みした。

茶を運んで来た松之助が庸の横に座る。

「祝杯を上げた様子はなかった。離れには洪順しかいなかったと思う」

綾太郎は板敷で茶を啜った。

「それじゃあ、何をやってたんでしょう」

松之助は首を傾げる。

「試しをしたんだろうよ」

庸は顎を撫でた。

「何の試しでぇ？」

綾太郎が訊く。

「借りたのはギヤマンの杯。水を持って離れに入った。囲炉裏でもあるのか煙が出た。しかし、すぐに消えた――。さて、何をしてたんでしょう？」

庸は松之助に手を差し出し、答えを促す。

「それだけじゃ分かりませんよ」

松之助は眉を八の字にする。

「それだけで分かるんだよ。湊屋本店で習わなかったかい？」

「え？　本店で習うことですか？」

「おいらは清五郎さまから習った。ギヤマンの杯を貸す時には、客にちゃんと話をしておくようにってな」

「客に話しておくことってありましたっけ……」

松之助はしばし考え込み、ハッとした顔で手を叩いた。

「そういうことでございますか！」

「なんでぇ」綾太郎は不愉快な顔をする。

「二人だけで納得しやがって。おれに分かるように話しやがれ」

「ギヤマンの杯に水を入れて置いておくと、近くの物から火が出ることがあるんだよ」

「なんだって？　水で火が出る？」

「水で火が出るわけじゃねぇ。水を入れたギヤマンの杯で火が出るんだよ」

「わけが分からねぇ。そりゃあ手妻《てづま》（手品）かい？」

「似たようなもんかな。ギヤマンの杯に水を満たしてお天道さんの下に置いておくと、光が集まって熱《あっつ》くなるんだそうだ。なんでも、お天道さんの角度とか、杯と物がどれだけ離れているかで違うそうなんだが、下手をすると火が点くんだとよ」

「それで、洪順はなぜ火を点ける試しをしたんでしょう？」

松之助が訊く。

「何かの手掛かりになるかと思って、近所を少し聞き込みして来た」綾太郎が言う。

「師匠の内藤玄丈は本草学の学者で、漢籍洋書なんかで研究をしているらしい」

当時、西洋の本を輸入することは禁じられていた。しかし、清国とは交易が行われていて、漢訳された西洋の本、つまり漢籍洋書は輸入を許されていた。西洋の学問を学ぶ学者たちのほとんどは、漢籍洋書を利用していたのである。

「洪順は去年の冬頃に弟子入りしたらしい。家に住んでるのは玄丈と洪順だけ。洪順は玄丈の手伝いや掃除なんかをしてるって話だ。手伝いの婆ぁが一人通いで来てる。婆ぁは主に洗濯と飯炊き。朝に来て昼には帰る。夜のおかずは棒手振《ぼてふり》から買っている」

「今日、洪順が戻った時には、通いの婆ぁは帰った後かい？」

「ああ。それに加えて玄丈も留守だっただ」

「玄丈も？」

「玄丈に仕入れの相談をしている唐物屋が、毎年夏至の歌会ってのを開いてるらしい。歌会とは言っても、接待が目的の宴らしいがな」

「なるほど。試しをするには好都合だったたってわけか」

「それから、玄丈は洪順が言った通り、先月、本を出したらしいって話だ」

「何の本だい？」

　と庸が訊く。

「漢籍洋書の和訳だそうだ。版元は日本橋通南一丁目の寿屋《ことぶきや》って書肆《しょし》（学術書などの本を作って売る書店）だって話だ」

「葡萄の酒で祝杯を上げようだなんて、よっぽど儲かったんだろうな」

　綾太郎が言う。

「儲かったようだって近所の者が言ってたかい？」

　庸が訊く。

「いや。そういう話はなかったが、葡萄の酒なんて珍しい物を手に入れるくれぇだから儲かったんだろうよ」

「書物なんて儲からねぇもんだってさ」庸が言う。

「客に戯作者《げさくしゃ》（小説家）が何人かいるんだが、みんな別に仕事を持ってる。よく売れる絵草紙《えぞうし》（挿し絵入りの物語）でさえそうだ。学問の本なんか、学者にしか売れねぇよ。書肆が出してくれねぇから、自費で本を作る学者もいるってよ。御用学者以外は、金と暇がある旗本とか。大店《おおだな》の旦那や若旦那、金蔓を持ってる奴らしいがな」

「じゃあ、祝杯ってのは――」

「まぁ、本を出すってのは名誉だから、祝杯は上げるだろうが、今回の場合は杯を使った様子もなく返《け》ぇしたんだろ？　恐らく、ギヤマンの杯を借りる口実さ。祝杯を上げた様子はなかったって、お前ぇも言ったろうが」

「わたしの問いはどうなりました？」松之助が訊く。

「本が儲からないことは分かりましたが、なぜギヤマンの杯で火を点ける試しをしていたのかの読みはまだですよ」

「うん」と、庸は腕組みして首を傾げた。

「そこが分からねぇんだよな。どこかに火を点けるための試しをしたのかと思ったが、試しただけで杯は返ぇしちまった」

「ただ試してみたかったってことはねぇかな」綾太郎が言う。

「学者ってのは好奇心旺盛なもんだろ。ギヤマンの杯と水で火を点けられるって話を聞いて、試してみたくなったってことはねぇかな」

「無くはねぇな」

　庸は少し不満そうである。

「まぁ、悪いことをしたわけじゃないからいいじゃないですか」松之助が庸と綾太郎の前から湯飲みを取って盆に載せる。

「お庸さんの読み違いってことで落着ですね」

「まだ分からねぇじゃねぇか」

　庸は口を尖らせた。

「お庸さん」松之助は諭すように澄まし顔をする。

「例えば洪順がどこかに火を点けようとしてギヤマンの杯を借りたとしましょう。そして火事が起きる。するとどうなります？」

「言ってることが分からねぇな」

綾太郎は顔をしかめたが、庸は唇を尖らせたままである。

「そんなこたぁ、最初《はな》っから考えてるよ」

「どういう意味だよ」

綾太郎は庸と松之助を交互に見る。

「ギヤマンの杯で、どこかの家に火を点けたとします」松之助は得意げな口調で言う。

「すると、どうなります？」

「どうなるって、火事になりゃあ家は焼けちまうよ」

「ギヤマンの杯は？」

「そりゃあ、家と一緒に灰になるだろうな」

「灰になるんじゃなくて、溶けるんですけどね」

「それがどうしてぇ？」

「返せねぇだろ」庸はブスッと言った。

「借りた損料屋に返せなけりゃあ、そこから足がつくんだよ」

「あっ……」

綾太郎はひと声上げて頷いた。

松之助は得々と続ける。

「自分の手で火を点けるんじゃなく、ギヤマンの杯を使おうと考えるのは、火事になった時に自分はそこに居なかったって証《あかし》を作るため。けれど、損料屋、貸し物屋から借りた杯を使ったら、そこから足がつきます。期限が来たのに杯が返されない。返してくれと催促が来る。奉行所の方々は気がついて、ギヤマンの杯を借りた奴を捕らえる――」

「分かったよ」綾太郎は説明を続けようとする松之助を手で制した。

「ギヤマンの杯で火事を起こそうって奴は貸し物屋から借りねぇってこったな」

「洪順がウチにギヤマンの杯を借りに来たってことは、玄丈の家にはギヤマンの杯が無ぇってことだ」庸が言う。

「火事場から溶けたギヤマンが見つかれば、誰が家にギヤマンを持ち込んだかってことを調べる。そんなことぐれぇ洪順は考えたはずだ。だから、洪順は借りた杯は試しにだけ使った」

「だけど」松之助が反論する。

「それなら火事を起こすための杯はどうするんです？　買うんですか？　買えるんなら、試しも買った物を使ったほうが簡単でしょ」

「うん……」

庸は渋い顔をする。

松之助は勝ち誇ったように顎を反《そ》らして庸を見る。

「しかし」綾太郎は助け船を出す。

「洪順は火付け（放火）に使える方法を試していた。胡乱《うろん》なことにゃあ違いねぇ。少し見張ってたほうがいいかもしれねぇな」

「頼めるかい？」

庸は綾太郎を見る。

「駄目です」松之助はキッパリと言う。

「ウチには、商売に関係のない見張りの日当をお支払いするだけの余裕はございません」

「日当はいらねぇよ。こっちの仕事に邪魔にならない程度に聞き込みをする。それなら文句ねぇだろ」

綾太郎は言う。庸は手を合わせて綾太郎を拝む仕草をした。松之助は不承不承といったふうに頷いた。

三

洪順がギヤマンの杯で試しをした日から十日ほど経った夕刻、動きがあった。

その日の追いかけ屋は勘三郎であったが、同じく蔭間長屋に住む締造《しめぞう》が「ごめんください」と言って両国出店に入って来た。

「どうしてぇ。締造」

帳場に座る庸は怪訝な顔をした。

締造は上がり框に腰掛ける。

「今日はとある大名屋敷のお女中に呼ばれて、三河町の料理屋へ行っておりました」

締造は風采の上がらない中年男である。大名屋敷の女中から男娼の仕事で呼ばれたのだろうかと、庸は一瞬訝しんだ。

締造は敏感にそれを感じ取ったようで、ニッコリと笑うと、

「年寄にねっとりと責められることをお好みの方もいらっしゃいます」

と言った。

庸は真っ赤になって「その話は分かったからもういい」と、本題の続きを促した。

「はい。帰りにちょいと内藤玄丈の家の聞き込みをしたのですが、柴田洪順は長崎に旅に出たそうで」

「長崎に？　いつ？」

庸は眉をひそめた。

「今朝のことだそうで。玄丈から書物を求めて来るよう命じられたとか」

奥から松之助が出て来て帳場の脇に座った。

勘三郎も帳場の裏から顔を出す。

「わざわざ長崎まで本を買いに？」

「長崎はオランダや清国からの文物が入ってくる玄関口ですからね」締造が言った。

「当然、江戸よりも品物の数は多いです。また、輸送費が上乗せされる江戸での値段より安く手に入りますが、長崎までの旅費を考えればかなり高くつくでしょうね」

「唐物屋や書肆任せよりも、詳しい者がその目で品定めするほうが確かですし、なにより外から入ってきた物をいち早く手に入れることが出来ます」

松之助が言う。

「長崎行きはいつ決まったんだ？」

庸が訊く。

「昨年の冬にはもう決まっていたようだって話でございました。洪順が、『長崎は遠い。歩ききれるだろうか』ってぼやいていたそうで」

「昨年の冬か――」

庸は腕組みして顎を撫でる。

「長崎でどこかに火付けをするつもりでしょうかね」勘三郎が眉をひそめた。

「そのために試しをしていたとか」

「長崎なら、江戸より安くギヤマンの杯を手に入れられますね」

松之助が言った。

「だが、長崎で何を燃やすつもりなんでございましょうね」締造が言う。

「洪順は長崎へ行くのは初めての様子ですから、恨みがある場所とか人物とか、いそうにございませんが」

「学者かもしれませんよ」松之助がポンと手を叩いた。

「恨みのある学者が長崎に学びに行っているとか。まさに江戸の仇《かたき》を長崎でってやつじゃないですかね」

「うーん、意味はちょいと違うような気がするけど……。洪順の身の上を探らなきゃならねぇかもしれねぇな」

「長崎まで追いかけるなんて言わないでくださいよ」

松之助は慌てて釘を刺す。

「言わねぇよ。洪順が長崎で火付けをしそうだって分かったら、熊五郎に下駄を預けるさ」

「つまり、蔭間長屋の皆さんに動いてもらうってことですか?」松之助は眉をひそめる。

「見張りのほかにそこまで頼んだら、日当を払わなきゃならないじゃないですか」

「大枚を払うわけじゃねぇんだ。それを渋って長崎が大火になりゃあ、その責任は松之助、お前ぇにあるんだぜ。少しの銭を出し渋って、長崎を焼いた男になっちまうんだ」

庸は憎たらしい表情を作って松之助に顔を近づける。

「嫌なこと言わないでくださいよ」

松之助は算盤《そろばん》を弾く手つきをして、一日に出せる日当を告げた。

「その条件で、一日三人、二日なら手を打ちましょう」

「頼めるかい？」

庸は締造と勘三郎を見た。

「あっしら二人と、たぶん知らせりゃあ綾太郎さんが首を突っ込みたがるでしょうから。その三人で、二日、嗅ぎ回ってみます」締造は立ち上がる。

「勘三郎の代わりはすぐによこしますんで」

勘三郎と締造は店を出て行った。

◆

二日が経った。

空が藍色になり、庸と松之助が店仕舞いを始めた頃、綾太郎と締造、勘三郎が現れた。

板敷に座った三人の表情は優れない。

「手掛かりになるようなことは摑めなかったかい」

庸は燈台を灯して帳場に座る。松之助が茶を運んで来て、帳場の横に腰を下ろした。

「結果から言えば、洪順が長崎で火付けをするっていう証は摑めなかった。知り合いの学者はみんな江戸にいる」

綾太郎は茶を啜った。

「玄丈のほうも調べやしたが、恨みを持ちそうな相手は長崎にはいやせん」と勘三郎。「小狡い野郎で、他人《ひと》が話してたネタを自分の本に取り入れたり、借りた本を知らん顔で自分のものにしたりと、評判は悪うござんす。なのでほかの学者たちとのつき合いも少ないようで」

「洪順は麴町六番町に住まいする旗本の四男」と締造。

「家は兄が継ぐので、冷や飯食いでございました。子供の頃から学問好きで、父親の伝手で玄丈の弟子に入ったそうで。近所の評判は玄丈よりずっとようございました。町人たちにもちゃんと挨拶をする、腰の低い男だそうで」

「それにしちゃあ、おいらが根ほり葉ほり訊くって腹を立ててたな」

庸は苦笑する。

「よっぽどやましいことを隠してたんでしょうね」と締造。

「やっぱり、お庸さんの読み通り、火付けを目論んでいたんでしょう」

「問題は、どこに火を点けようとしているかだな」

綾太郎が言った。

「うん……。手掛かりが少なすぎるな」

「けれど、これ以上調べられないぜ」

「熊野さまにお願いしましょう」松之助が言う。

「これ以上――、と言うか、今やっていることも貸し物屋の仕事じゃありませんから」

「うん……。その通りだよな」庸は下唇を突き出す。

「明日の朝、熊五郎のところへ行って来る」

庸の言葉を聞いて、松之助はホッとした顔になり、綾太郎は薄く微笑んだ。

四

呉服橋御門を渡ってすぐ左に北町奉行所がある。今月は南町奉行所が月番なので、熊野《くまの》五郎左衛門《ごろうざえもん》は口書綴《くちがきつづり》（取り調べ調書）などの整理のために同心溜まりで筆を執っていた。

小者が来て「湊屋のお庸が来ております」と声をかけてきたので、熊野は筆を置いて外に出た。

庸は門の外で神妙な顔をして待っていた。

「どうしてぇ。何か美味《うま》い話でも持って来たかい？」

熊野は庸の前に立つ。

「美味いかどうかは分からねぇよ」

「まぁいいや。ちょうど一息入れようと思ってたとこだ」

熊野は庸を促して呉服橋を渡り、呉服町の茶店に入る。葦簀《よしず》張りの中の床几《しょうぎ》に座って団子と茶を注文した。

「長崎で火付けがあるかもしれねぇ」

庸は、親爺《おやじ》が茶と団子を置いて離れると小声で言った。

「長崎で――？」

熊野は片眉を上げる。

庸は柴田洪順の件を子細に語った。

熊野は腕組みをして黙って聞いていたが、庸が語り終えるとすぐに、

「決め手に欠けるな」

と言った。

「やっぱりそうだよな」

庸は肩を落とす。

「上役に話したとしても、そこまでだな。御奉行は取り合っちゃくれねぇだろう」

「だけどさぁ、もし長崎で大火になりゃあ大勢の人が迷惑を被るんだぜ」

「まだ何もしてねぇ奴を、火付けをするかもしれねぇってだけで捕らえろってか？」

「いや……」

「人を割《さ》いて見張りをつけろか？　長崎まで旅をするのに幾らかかると思ってるんでぇ」

「色々考えて分からなくなったから、お前ぇに相談してるんじゃねぇか」

「あのな、お庸」熊野は膝に肘《ひじ》を置いて、呉服橋のほうを眺めながら茶を啜る。

「誰かが事を起こすまで手を出せねぇこともあるんだよ」

「だけど、事が起こらないようにするのも奉行所の役目じゃねぇのかい」

「例えば、どこそこの大店に押し込むために、盗賊の一味が集まってるってはっきりしたたれ込みがありゃあ、捕り方を引きつれて捕らえに行くさ。目の色を変えて出刃包丁を持った奴が歩いてりゃそいつも捕まえる。だが、疑わしい奴を片っ端から捕まえるわけにゃあいかねぇよ」

「だけど……」

「まぁ、上役に話はしておくぜ。後の判断は上がする。もし上が無視して長崎で大火が起こったら、それは上の責任だ。おれは気に病まねぇ。ちゃんと上役に話すことで責任は果たしたからな」

「お前ぇの話を無視して、長崎で大火が起こったら、お前ぇの上役や御奉行さまはどうするんだろう」

「決まってるだろう。おれの話はなかったことにされるんだよ」

「ひでぇ話だな……」

「世の中、そんなもんさ」

「お奉行はどう判断するだろう？」

「話は聞いても右から左じゃねぇかな」

「お前ぇが御奉行だったら、この話、どう判断する？」

「長崎に書状は出すだろうな」

「お前ぇがお奉行になりゃあいいのに」

庸の言葉に熊野は笑う。

「お奉行になれる家柄じゃねぇよ」熊野は床几を立つ。

「それに、おれが書状を書くのは、下駄を向こうに預けるためだ。下駄を預けたんだから、何があっても向こうの責任。そうやって出来るだけ自分で被らねぇようにする。それがお役所に長く勤める秘訣さ」

熊野は庸に「ここは払っとけよ」と言って呉服橋に向かった。

◆

茶店に二人分の代金を払って葦簀の下から出た庸は、すぐ近くが日本橋通南一丁目だと気づいた。

内藤玄丈の本を出した書肆がある。

綾太郎たちの調べは玄丈の近所や知り合いからの聞き取りだった。誰も寿屋には聞き込みに行っていない。庸自身も、それだけの聞き込みで何か手掛かりを得られると思っていたのだった。

本を出した書肆ならば、ちゃんとした手掛かりがあるかもしれない。

庸は小走りに日本橋通に向かった。

寿屋は、黒壁の重厚な作りの店舗であった。

庸は「ごめんよ」と言いながら、土間に入る。広い土間と畳敷きの店。書棚には何冊もの本が積み上げられ、書名を記した紙が下がっていた。紙と墨の匂いが心地よかった。

「いらっしゃいませ」

と言いながら手代が近づいてきた。素早く庸の半纏《はんてん》の〈湊屋〉の縫い取りに目をやったのが分かった。

「値踏みするんならもっとさりげなくやりな」

庸が言うと、手代は顔を赤くして「失礼いたしました」と答えた。

「ウチのお得意さんに本草学者の内藤玄丈さんがいてさ。本を出したって話を聞いて、何かお祝いをしなきゃならねぇって話になったんだ」

「湊屋両国出店のお庸さんでございますね」

手代が訊く。庸の口調で分かったようだった。

「そうだよ。ああ、両国出店は玄丈さん家から遠いって思ったんだろ。今日は本店のお使いなんだ」

「左様でございましたか」

手代は納得した様子だった。

「それで、どんな本を出したかも知らずにお祝いもなかろうって、ちょいと教えてもらいに来たんだ」

「それならば、玄丈先生のご本のお世話をした番頭の喜三郎《きさぶろう》が詳しゅうございます。少々、お待ちくださいませ」

と言って、手代は幾つか並んだ帳場に座っている一人に目配せをした。

その中年男はすぐに立ち上がり、土間に降りて庸の前に立った。手代は喜三郎に用件を伝えると、入って来た客に歩み寄り声をかける。

「喜三郎でございます」中年男は頭を下げる。

「玄丈先生のご本は、本草学の漢籍洋書の和訳でございました」

「先生はほかにも本を出しているのかい？」

「はい。二冊ほど出させていただきました」

「評判は？」

「絵草紙のように沢山売れるものではございませんから」

喜三郎は愛想笑いをする。

「そうかい。今回の本が出た時は祝杯を上げたって聞いたが」

「祝杯でございますか——？」

喜三郎は眉をひそめる。

「ああ。柴田洪順先生が祝杯を上げたいから、ギヤマンの杯を借りたいって来たぜ」

「洪順先生がでございますか……」

喜三郎の表情がさらに曇る。

「なんでぇ。何かあるのかい？」

庸は小声で訊いた。

「いいえ。何でもございません」

喜三郎は引きつった笑みを浮かべて誤魔化そうとした。

その時、庸の頭に閃くものがあった。

勘三郎が、玄丈について、

『小狡い野郎で、他人《ひと》が話してたネタを自分の本に取り入れたり、借りた本を知らん顔で自分のものにしたりと、評判は悪うござんす。なのでほかの学者たちとのつき合いも少ないようで』

と言っていたのを思い出したのだった。

庸は喜三郎に近づき、囁くように訊いた。

「もしかして、玄丈先生は洪順先生の仕事を横取りしたかい？」

「いいえ、そのようなことはございません」

明らかに狼狽《うろた》えた口調だった。

「玄丈先生がしたことを分かって本を出したとすりゃあ、阿漕《あこぎ》だぜ」

「そんなことはございません……。ただ、文体の癖が、前の二冊と違っていたのでございます」

「そのことを玄丈先生に訊いたかい？」

「はい……」

喜三郎は観念したように頷いた。

「玄丈先生は何て答えた？」

「和訳は洪順先生がなさったと」

「すんなり答えたかい。じゃあなんで玄丈先生の名で本を出したんだ？」

「洪順先生の名前では売れる本も売れなくなるということで……」

「ひでぇな」

「いえ、洪順先生も納得の上でございます」

「納得の上？　本人から聞いたのかい？」

「出版を引き受ける時に、お二人とお話しいたしました。その時にご本人からも」

「けれど、祝杯を上げるほど喜んではいなかったように見えたかい」

「はい。そりゃあ忸怩《じくじ》たるものはありましょう」

師匠から説得されれば否とは言えまい。逆らっても自分の名前で本を出せるわけではなく、下手をすれば潰されて学者としての道も閉ざされかねない。臥薪嘗胆《がしんしょうたん》。まずは堪《こら》えて次の機会を待つってところか――。

「それじゃあ、お祝いは届けねぇほうがいいか」

「左様でございますね。洪順先生の思いも汲み取れば。せめて洪順先生の名前もどこかに入っていればよかったのでございましょうが……」

「ありがとうよ。洪順先生に嫌な思いをさせずに済んだぜ。あっ、おいらが来たことは両先生には内緒にしといてくれよ」

「もちろんでございますとも」

庸は喜三郎に見送られ、寿屋を出る。

洪順が燃やしたいのは、内藤玄丈の家。長崎での火付けは心配しなくていいようだ――。

しかし、試しをした後、さっさとギヤマンの杯を返し、本人は長崎へ旅立った。

どういうことだ？

試しをしただけで溜飲が下がったか？

それとも、自分の大それた考えに恐れをなして火付けを諦めたか？

洪順は何を考えている――？

旅の途中でこっそり引き返し、玄丈の家に火付けするつもりか？

だとすれば、玄丈の家をずっと見張っていなければならないか？

熊五郎に頼んだほうがいいか？

長崎ではなく、江戸で火付けが行われるとなれば、放っておくわけにはいくまい。

庸は唇を嚙み、帰路を辿る。

今まで得た手掛かりが、頭の中で組み上がり、途中で崩れ、また一から組み合わされる。

「ああ、そうか……」庸は立ち止まって呟く。「張り込みは一日で済むな」

庸は頷いて、早足で両国出店へ向かった。

❖

庸は両国出店に戻ると、松之助と今日の追いかけ屋、締造に思いついたことを語った。

「なるほど。筋は通りますね」松之助は眉根を寄せながら訊く。

「それで、お庸さんはどうするつもりなんです？」

「これから一年は動かねぇよ。だけど、一年経ったら一日だけ、いや、朝から昼過ぎくれぇまでお前ぇに店番を頼みてぇ」

「本当に朝から昼までいいんですか？」

松之助は疑わしそうに庸を見る。

「ああ。おいらの読みが当たってたら、それで事は済む。間違ってたら、この一年の

「どこかで、江戸は大火に見舞われるかもしれねぇ」

五

神田川の土手下の茶店である。

風が吹いて、土手の柳の枝が揺れている。

蟬の声の下、古着屋の小屋掛けに座る売り子たちは眠そうな顔をしていた。

葦簀掛けの隙間から差す光の縞が、庸たちを照らしていた。綾太郎と勘三郎に挟まれて床几に座る洪順。向かい合って庸が腰掛けている。それぞれの脇の盆には真鍮《しんちゅう》の器に甘葛《あまずら》で甘味をつけた水が満たされ、白玉が浮いている。

「お前ぇの仕掛けは取っ払ったよ」

庸が言うと、洪順はビクリと体を震わせた。

「お天道さまは毎日少しずつ出る場所入る場所を変えて上り、沈む。そして一年かけて、元の場所に戻るんだ。つまり、夏至の日は来年も再来年も、お天道さまは同じところから上り、同じ場所に沈む。おあつらえ向きに玄丈先生は毎年夏至の歌会で留守。試しをするのも、火付けの仕掛けをするのも好都合――。違うかい?」

洪順はコックリと頷いた。

「損料屋から借りたギヤマンの杯で、どの位置に燃えやすい物を置けばいいか確かめた。そしてすぐに返した。借り物で火付けをすればすぐに足が付くと分かっていたからだ。そして、自分はもうすぐ長崎に行く。長崎なら、江戸よりも安くギヤマンの杯が買える。お前ぇは杯と玄丈先生に頼まれた本を手に入れると、予定より早く長崎を出た」

洪順は再び頷く。

「お前ぇは昨日辺り、品川宿に着いた。そして、今日、宿を出て玄丈先生の家に仕掛けをした。おいらたちに会わなけりゃあ、素知らぬ顔で品川まで戻り、様子を窺《うかが》い、予定通りに玄丈先生の家に戻る。そこにに丸焼けになった家と、途方に暮れた玄丈先生がいる――。そういう計略だったろう？」

「はい……。浅はかでした」

洪順は俯き、膝の上で強く拳を握った。

「だけど、玄丈先生の家は燃えてねぇし――」

お庸は勘三郎に目配せする。

勘三郎は懐から手拭いで包んだ物を出し、洪順に渡す。洪順は震える手で手拭いを解く。

中から透明なギヤマンの杯が現れた。現代で言うところのワイングラスである。

「いい値がしただろうギヤマンの杯も無傷だ」

洪順は、泣きそうに顔を歪めて庸にそれを渡そうとする。

「お前ぇさんの物だろ。仕舞っときな」

　意外そうな表情で、洪順は庸を見る。

「しかし、これは。わたしが火付けをしようとした証《あかし》でございます」

「玄丈先生の家に火は点いてねぇし、杯の中の水を捨ててここに持って来ちまったから仕掛けがあった證跡《しょうぜき》は無くなった。もうそいつは火付けの証にはならねぇよ。訴えたって、奉行所は相手にしねぇ。お前ぇさんが火付けを企んだってことを知ってるのは、お前ぇさんとおいらたちの仲間数人だ」

「それじゃあ……、もしかして見逃してくれるのでございますか？」

「何も起こらなかったからな。だけど、何か起こってたら、お前ぇさんは火炙《ひあぶ》りだったんだぜ」

　庸の言葉で洪順の顔色が変わる。

「覚悟の上でしたが……。今、それを考えると肝《きも》が冷えます」

「下手をすりゃあ、大火になって大勢の人が焼け死んでいた」

「はい……。お陰さまで、江戸の皆さんも、わたしも助かりました」

「そこで、だ」

　庸は身を乗り出す。

「はい。幾らお支払いすればよろしいでしょう？」

「早とちりするんじゃねぇよ。両国出店のお庸を強請《ゆす》りたかりと一緒にするな」

お庸はムッとした顔で床几を叩く。

洪順は体を小さくして「申しわけありません」と謝った。

「そこで、考えなきゃならねぇのは、お前ぇさんの身の振り方だ。もう玄丈先生のところにはいられめぇ。火付けしようとするほど憎たらしいんだろうからな。一緒に住んでりゃあ、殺したくなるかもしれねぇ。それじゃあ、せっかく火付けをとめた甲斐がなくなる」

「はい……」

「玄丈先生が歌会から帰ってくるのは明日の朝だろ？」

「にい」

「だったら、今夜のうちに荷物をまとめて家を出ちまいな」

「しかし、どこへ行けばいいのでしょう？　実家に戻れば『なぜ戻って来た？』と根ほり葉ほり訊かれます」

「おれたちの長屋に空き部屋がある」綾太郎が言う。

「身の振り方が決まるまでいればいい。蔭間ばっかりの長屋だが、嫌がる奴にどうこうしようなんて奴はいねぇから安心しな」

「はい……」洪順は複雑な笑みを浮かべる。

「しかし、身の振り方といっても……。火炙りを覚悟しておりましたから、先行きのことなんか考えておりませんでした」

「綾太郎たちは顔が広い。学者も何人か知ってるようだ。湊屋本店の旦那もお顔が広い。お前ぇさんが和訳した本を読んでもらえば、弟子にしてもいいっていう学者もいるかもしれねぇ」

「そんなことまでしていただけるんですか？」

洪順は驚いた顔で庸を見る。

「自棄《やけ》になってまた火付けを考えたり、人を殺《あや》めようとしたり、世をはかなんで首を括《くく》ったりされねぇためだ。寝覚めが悪《わり》ぃからな。ただ、お前ぇさんに才能がなけりゃあ、誰かの弟子になることは出来ねぇ。最後の最後に自分を助けるのは自分しかいねぇってのを肝に銘じときな」

「ありがとうございます……」

洪順は深々と頭を下げた。

「それじゃあ、荷物を取りに行こうか」

綾太郎が洪順の背をポンと叩きながら立ち上がる。勘三郎も立った。

「手伝ってやるから、昼飯を奢りな」綾太郎は洪順を立たせる。

「長屋の家賃も日割りで払ってもらうぜ」

洪順は綾太郎と勘三郎に連れられて茶店を出て行った。

庸はホッと溜息をついて真鍮の器の水を啜る。すっかり温《ぬる》くなっていた。

「これで、松之助に叱られずにすむぜ」

庸は立ち上がり、水代を払うと茶店を出た。
昨日より蟬の声が多くなったような気がした。

揚屋町の貸し物

一

盆も過ぎて、気の早い木々の葉が色づき始めた。朝晩は冷え込んだが、昼は夏かと思うほど暑くなる日もあった。

そろそろ手焙《てあぶり》や火鉢を少し出しておこうかと思いながら庸《よう》が帳簿の整理をしていると、

「ごめんください」

と、遠慮がちな若い女の声がした。

庸が顔を上げると、見知った顔と目が合った。

「あれ？　おもとちゃんじゃないか」

年の頃は庸と同じくらい。細面《ほそおもて》の娘である。縞の着物に湊屋《みなとや》の半纏を着ている。揚《あげ》屋町《やちょう》出店《でだな》の店主の娘であった。

揚屋町とは、吉原遊廓の中の町である。

吉原大門《おおもん》を入ると、仲ノ町《なかのちょう》と呼ばれる広い通りを挟んで、左右にずらりと茶屋が並ぶ。その奥に女郎屋が建ち並んでいるのだが、その中の一角に、まったく色街とは異なった風情の町がある。

江戸市中の表通りと変わらない、商家が軒を並べるそこが揚屋町であった。

商家の裏手には裏店《うらだな》――、長屋が並び、吉原の中で働く女郎以外の人々が住む町である。八百屋も魚屋も米屋、呉服屋も、なんでも揃い、遊廓の外に出なくても衣食住がまかなえた。

その中に、貸し物屋湊屋の揚屋町出店があり、店主の忠吉《ちゅうきち》が、娘のもとと共に商売をしている。忠吉の女房は、数年前に流行病《はやりやまい》で亡くなっていた。

もとは、年が近いこともあり、たまに店の用事で近くを通ると茶店でお喋りをすることがあった。

「団子でも食いに行くかい？　それともお店《たな》の用事かい？」

「ちょっと変なことがあって、本店に相談しに行ったら『こういう件はお庸に相談しな』と清五郎《せいごろう》さまに言われて」

こういう件はお庸に相談しな――。つまりは、庸を頼れと言われたということだ。言い換えれば、清五郎は自分を信頼しているということになると、庸は嬉しくなった。

少し前なら、胸が苦しくなり顔が真っ赤になったが、今は落ち着いている。お店の者として主《あるじ》に信頼されている――。そういう喜び以外は胸の奥底に沈めてしまっていた。

「どんな話だい？」

「昨日、お女郎さんが借りに来たのよ」

「何を借りに来た？」

た。


「赤ん坊」

「赤ん坊だって？」

庸は頓狂な声を上げた。

その声に驚いて、奥から松之助《まつのすけ》が、帳場の裏から今日の追いかけ屋の敏造《としぞう》が出て来た。

「それも三人」

「三人の赤ん坊を借りたいってのかい？　借りてどうするんだい？」

「あたしとのやり取りを帳場で聞いていたお父っつぁんがそれを訊いたのよ。そしたら『あんたには関係ない。貸せるのか、貸せないのか？　無い物はない湊屋が客を断るのか？』とまくし立てるの」

「お父っつぁんはどう答えた？」

「湊屋には無い物はない。けれど、理由も知らされずに命のあるものを貸すわけにはいかない。また、赤ん坊を貸せるかどうか、本店《ほんだな》に確かめなきゃならない。生類憐れみの令で、生きた物の扱いには厳しい取り決めがあるって」

「相手は？」

「無い物はないと息巻いて、大名や大店の無理難題なら何でも叶えてやってるくせに、女郎の願いは叶えられないってかい。それなら、無い物はないって謳い文句は看板から消しちまいなって啖呵《たんか》を切ったわ」

「なかなか言うじゃねぇか」

庸はニヤリと笑った。

「それでお父っつぁんは、ともかく本店に伺いを立てるから、待ってくれって言ったの。で、お女郎は『二日待つ』って言って帰ったの。それが今朝。お父っつぁんに言われて、すぐに本店に走って清五郎さまにお伺いを立てたら、お庸ちゃんに相談してみろって」

「二日待つってのは今日も入るのかな。今日一日と明日一日。明後日《あさって》には答えを用意しておかなきゃならないか――。どこの店のお女郎か分かるかい？」

「初めてのお客だったけど、千成屋《せんなりや》の雪解《ゆきげ》って名乗ったわ」

「ユキゲ？」

「雪解けのことよ」

「ああなるほど。けど、変な源氏名だな」

「そう思ったけど、そんなこと言えないじゃない」

「嘘を言ってないか確かめたかい？」

「千成屋に直接聞きに行けば、雪解さんに迷惑がかかるかもしれないって、お父っつぁんが四郎兵衛《しろべえ》会所《かいしょ》の知り合いにこっそり確かめてみるって言ってた」

四郎兵衛会所とは、吉原遊廓の中で起きる揉め事に対処する自警団の詰所である。会所では、足抜け――、吉原を逃げ出そうとする遊女の取り締まりも行っていた。

「で、お庸ちゃん、どうするの？」

もとは心配げな顔で庸を見る。

「清五郎さま名指しなら、動かなきゃなるめぇ」

と言って庸は松之助を見た。

商売に関係のないことに首を突っ込むと文句を言う松之助だったが、本店の主から『庸に相談しろ』と言われたのだから頷くしかなかった。

「おいらも吉原でちょいと聞き込みをしてぇから、四郎兵衛会所に話を通しておいてくれってお父っつぁんに伝えてくれ」

「分かった。お庸ちゃんが引き受けてくれてホッとしたわ」

もとは胸に手を置き、立ち上がって店を出て行った。

「赤ん坊を三人――」松之助は眉根を寄せる。

「どうするつもりなんでしょうね」

「皆目分からねぇ」

庸は首を振る。

「客との遊びに使うんですかね」

敏造が言う。

「客と女郎と赤ん坊三人でどんな遊びをするってんでぇ？」

庸は片眉を上げた。

「女郎屋の遊びってあっしらが想像もできねぇほど奇妙きてれつなものもあるらしいですぜ」

「そんなことに赤ん坊を貸すわけにゃあいかねぇ」

「だけど――」敏造は腕組みして首を傾げる。

「いくら湊屋さんでも赤ん坊なんて貸し物、用意してねぇでしょ」

「ありますよ」

松之助は当たり前のように言う。

「えっ？」敏造は目を丸くした。

「どっからか拐《かどわ》かして来て、貸し物にするんですかい？」

「違いますよ。今まで貸したって話は聞いたことがありませんが、『赤ん坊が借りたい』というお客さまが来た時のために、あちこちに声をかけてるんです。赤ん坊を貸した損料の八割は親に入るという約束を交わしてね」

「赤ん坊はすぐ大きくなるでしょう」

「幾つの子を借りたいって年齢を指定されるかもしれませんからね。約束はその子供が十五、六になるまで続きます。生まれたての赤ん坊から十五、六まで男女、けっこうな人数と約束を交わしてます。借り手がいなくても、月々小遣い程度のお手当は出してるんですよ」

「湊屋さんはそんなこともしてるんですかい」敏造は感心したように言う。

「だけどそれじゃあ、お手当だけでも相当の出費になるんじゃないですか？」

「幕臣、大名、旗本、大店の皆さまもお客さままですからね。そういう方々からたんまりいただいておりますから、貸し子のお手当には困りません」

「それじゃあ、貸そうと思えば、雪解に三人の赤ん坊を貸すことは出来るわけですかい」

「そういうこと」庸は言った。

「だけど、赤ん坊は大切な命。親の身になってみりゃあどういう目的に使うのか知らなけりゃあ、安心して貸すことは出来ねぇだろ。だから揚屋町出店の忠吉さんは、本店に伺いを立てたんだよ」

「なるほど——。しかし、雪解が赤ん坊を借りてぇ理由を言えねぇってのは、怪しゅうござんすね。手っ取り早く、お庸さんが乗り込んで行って、断っちまえばいいんじゃございませんか？」

「雪解のほうにも話せない事情があるかもしれねぇからな。それを確かめてからじゃなきゃ、断れねぇよ」

「それは、湊屋の本店やどこの出店でも同じようにするんで？」

「そうだよ。そうして、あるところからはたんまりといただく。ないところからは少なくいただく。そうやらなきゃ世の中回っていかねぇよ」

「まったくその通りで」

「ということで――」庸は松之助に顔を向ける。

「おいらはちょっくら吉原へ行って、忠吉さんと話をして来る。店を頼むぜ」

「お気をつけて、いってらっしゃいませ」

松之助は言った。

「どんな時でもそうやって素直に送り出してくれりゃあいいんだがな」

庸は土間に降りる。

「今回は、本店からの指示でございますから」

松之助は澄まし顔で答えた。

庸は鼻に皺を寄せると土間を出た。

二

両国出店から吉原へ向かう道の途中に、湊屋本店はある。

庸は寄って清五郎に今から揚屋町出店の件に取りかかると報告しに行こうかどうか迷った。

庸は少し前に、自分が清五郎に思いを寄せていることに気づいた。しかし、今は〝雇い主と奉公人〟という立場を考えて、それを胸の奥底に仕舞っている。

胸の奥の庸は、口実があるのだから会いに行きたいと訴えている。

しかし、両国出店の主としての庸は、本店に立ち寄って取りかかりの報告をする暇があるなら、すぐに吉原へ行き、問題の解決を急ぐべきだと考える。

清五郎は自分を信用して任せたのだから、この件が落着してから報告に行けばいい――。

庸は、出店の主としての思いに従った。

心の底の思いに引きずられないように、本店のある新鳥越町を迂回するため、浅草寺の東の道を進み、田町一丁目の辻から日本堤に出た。

昼見世《ひるみせ》に向かう客、帰る客や、吉原見物に行く者たちで日本堤は混雑していた。

江戸は、徳川家康が入城して以来、急速に発展してきた町である。土木、建築のために大量の男手が必要だったから、あちこちから大勢の男が集められた。そのため、江戸は男が多く女が少ない町になり、男たちの多くは恋の相手にあぶれることになった。そこで疑似恋愛を楽しむための幕府公認の遊廓が造られたのであった。

庸は仕事で何度か吉原を訪れたことがあるが、あまり近づきたくない場所であった。

昼でも賑やかで華やかな町ではある。しかし、そこで客を取る女郎たちの気持ちを考えると、心が重く沈むのである。

何度も女郎たちに接していたが、いずれも底抜けに明るく愛嬌がある娘たちばかりであった。

そうしなければ廓内《なか》では暮らせない――。

娘たちは装っているのだと庸は感じた。そして、鼻の下を伸ばして吉原を訪れる男たちはそんなことを感じ取ろうともしない。感じ取れば、遊ぶ気など失せてしまうから、あえて気を逸らしているのか——。そんな男たちに恐ろしさも感じた。

『吉原で遊んで来たよ』

『どうだった？』

『いい女がいてさぁ。たっぷり楽しませてもらったよ』

という会話は当たり前に交わされるものである。だが、庸には異常なものに感じられた。

親に売られた不幸な娘を金で買う。

自分がどれほどの快楽を得られるかが重要で、相手の娘の身の上など考えもしない。そういう気持ちが、自分の知っている男たちの中にもあるのだろうか——？

親が貧しければ、自分も売られたかもしれない。そして、そういう娘はこの世の中にごまんといるのだ。その娘を買う男たちも——。

仕方がないということは分かっている。

娘を売らなければ一家全員が飢え死にをする。

女を買えなければ、欲望を満たすために女を襲う男が増えるだろう。

だけど——。

庸には納得出来なかった。

納得出来ないけれど、自分にはどうしようもないことであることも知っていた。

ならば、どうするか？

見て見ぬふりをするしかない。

自分とは別の世界と思うしかない。

そのために、そういう場所には近づかない――。

廓内で暮らすもとは偉いと思う。

もしかすると、子供の頃からそういう場所で暮らしているから、何も感じていないのかもしれない。

もとそういう話をしたことはない。

庸はあえて避けているのだった。

もし、もとが苦しさに耐えて揚屋町で暮らしているのなら、わざわざ苦痛を引っ張り出させることになる。

もし、もとが何も思っていないと知ってしまえば、自分はそれを恐ろしく感じてしまうだろう。

いずれにしても、友達関係に罅《ひび》が入ってしまう。それが怖いのだった。

商売というものは、求める者と与える者がいて成り立つ。

求める者は与えられることによって、与える者は金銭を得ることによって、互いに幸福になる。

だが、女郎たちは与えても幸福を得られない。

体を売ることによって、家族らは飢え死にを免れるだろうが、女郎本人は——。

何を幸福として暮らしているのだろうか。

「辛い商売だよな……」

呟いた時、庸は吉原大門の前に立っていた。

聳《そび》える腕木《うでぎ》門《もん》が庸には威圧的に見えた。

大きく息をして、庸は門をくぐる。

門を入って右の建物が四郎兵衛会所であった。板葺き屋根の小屋である。前に着流しの若《わか》い衆《し》が立って、大門から出ようとする女たちから小さな木の札を受け取っている。

木札は切手《きって》と呼ばれている通行証で、女にだけ出される物であった。商売などで吉原の廓内に入ろうとする女は、四郎兵衛会所で、会所の割り印のついた切手を買わなければならない。そして、廓内から出る時に見張りの若い衆にそれを渡して確認を受ける。女郎の脱走を防ぐ手段である。

「よぉ、お庸ちゃん」

と声をかけてきたのは会所から出て来た番人の一人であった。又四郎《またしろう》という名で、五十絡み。番人の中で一番の古株である。店の用事で吉原を訪れた時によく出会う男であった。

「切手を頼むぜ」

庸は懐から財布を出して又四郎に小銭を渡す。

「湊屋さんの奉公人だって分かってるから、切手はいらねぇようなもんだが、まぁ決まりだからな」と又四郎は庸に切手を渡した。

「揚屋町に用事かい？」

「ああ。忠吉さんに頼まれてな」

「忠吉さんなら今朝方、来たぜ。千成屋の雪解がどうしたとかってな」

「その件だ」

「千成屋に雪解って女郎はいるかって訊かれたから、いるよって答えた」

その言葉に、庸は又四郎に顔を近づけて小声で言う。

「忠吉さんに、内緒で教えてくれって言われなかったかい？」

「言われた」

又四郎も小声で答える。

「だったら、おいらにも言っちゃ駄目だぜ」

「だって、その件で来たんだろ？」

又四郎は口を尖らせる。

「その件だって言う前に、千成屋の雪解の名前を出したろう」

「うん……」

「口が軽いと信用を無くすぜ」

「小娘に商売の手ほどきをされるとは思わなかったぜ」

又四郎は顔をしかめる。

「それでさぁ」庸はさらに顔を近づけ、声をひそめる。

「雪解の顔を確かめる算段はないかな」

「ほれ。おれが喋ってよかったろうが」

又四郎は庸を睨《にら》む。

「いいから、顔を確かめる算段を教えてくれよ」

「何があったんでぇ？　事情が分からなきゃ迂闊《うかつ》には教えられねぇよ」

「そうそう。その用心が大事だ。こっちも詳しい事情は話せねぇんだが、揚屋町出店に物を借りに来た女郎が、千成屋の雪解と名乗った。そいつが名を騙《かた》った別人じゃねぇかどうかを確かめてぇんだよ」

「誰かが雪解の名を騙ったのか？」

「揚屋町出店には初めて来た女郎だったそうだ」

「雪解は格子《こうし》だからな。借りなくても客にねだれば買ってもらえる。わざわざ貸し物屋へは行かねぇだろうな」

「格子ってのは、女郎の位かい？」

「一番上が太夫《たゆう》。その下が格子。それから散茶《さんちゃ》――。こいつらは、岡場所が手入れをくらって捕まえられた女郎たちが連れて来られたってのが多い。そして梅茶《うめちゃ》。一番下が、安い切見世《きりみせ》の女郎たちだ。一番上の太夫は延宝《えんぽう》の頃は五十人もいたが、今はたった二人しかいねぇ」

「ふーん。太夫は篩《ふるい》にかけられたかい」

「まぁ、そんなとこだろうな——。で、雪解は何を借りに来たんだい？」

「そいつは言えねぇよ」

「だろうな。ずいぶん高価な物か、とんでもねぇ物か——。だからお庸ちゃんまで出《で》張《ば》って身元を調べてるんだろう」

「まぁ、そんなとこだな」

「そうか——」又四郎は腕組みをしてしばし考える。

「それじゃあ、小半刻《こはんとき》（約三〇分）ほど揚屋町出店で待ってな。顔を確かめる方法を知らせに行くから」

「ありがてぇ。よろしく頼むぜ」

庸は言って、会所の前を離れ、仲ノ町を歩いた。

昼見世の客や、見物だけの素見客《ひやかしきゃく》、女郎屋の奉公人たちが行き交っている通りを歩く。左右に並んだ茶屋の間に、ところどころ木戸が設けられている。そこが女郎屋が並ぶ町の入り口である。

奥のほうまで歩き、庸は右の〈揚屋町〉という提灯のかかった木戸をくぐった。

仲ノ町とはうってかわって、江戸の町中でよく見るような商家の並びが現れる。庸は〈湊屋　揚屋町出店　無い物はない〉の看板を掲げた店に入る。両国出店より一回り大きな店構えであった。

「これは、お庸さん。ご足労いただき、痛み入ります」

主の忠吉が帳場から出て来て板敷に膝を折り、頭を下げた。髪の毛が寂しく、髷《まげ》が小さかった。

「又四郎の野郎、せっかく忠吉さんが調べたことをベラベラ喋りやがってさ」

「千成屋の雪解のこと、聞いて来ましたか」

忠吉は『まいったな』と言いたげに月代《さかやき》を掻いた。

「ああ。面通しをしたいと思って、その相談をして来た」

「面通しでございますか……。貸し物が貸し物だけに、それはちょっとまずうございませんか？」

「その辺は又四郎も分かってるだろうよ。陰からこっそり覗く算段を考えてくれると思う」

庸は上がり框に腰を下ろす。

もとが奥から盆を手に出て来た。

「お庸ちゃん、いらっしゃい。ごめんなさいね、面倒をかけて」

と、茶と団子を載せた盆を置き、腰を下ろした。

「気にするなって。お互い、湊屋の奉公人だ。相身互いってやつさ」

「実はね、お庸ちゃんが来るまでに、何か手伝いが出来ないかと思ってあちこち聞き込みをしたのよ」

「おいおい。慣れねぇことをするもんじゃねぇぜ」

「大丈夫よ。さりげなく訊いたから——。雪解さんの客筋はよくて、大店の旦那と、お忍びで来る旗本とか」

この頃、幕府は大名旗本の遊里への出入りを禁じていた。

「でも、身請けするほどご執心って客はいないみたい」

「年は？」

「十九——。でも、ウチに来た女はもう少し上に見えた」

女郎は二十歳を過ぎれば年増と呼ばれた。

「やはり、名を騙ったかな」

庸は腕組みをして顎を撫でる。

「顔を見ればすぐ分かると思って、千成屋へ——」

「行ったんじゃねぇだろうな」

庸は驚いて訊く。

「最後まで聞きなさいよ。行こうと思ったけど、突然あたしが訪ねたら怪しむだろうから、やめたわ」

「よかった……」

庸は息を吐く。

ここに来た〝雪解〟は、何者かが名を騙っている可能性が高い。とすれば、下手に動かれては、本物の雪解に迷惑がかかるかもしれない。

「だから、向こうに気づかれずに顔を確かめる方法はないかって考えたのよ。それで、思いついたのよ」

「いい手があるのかい？」

庸が身を乗り出すと、もとは得意げな笑みを浮かべた。

「お茶が冷めないうちに、お団子を召し上がれ」

「焦《じ》らすんじゃねぇよ。教えておくれよ」

庸は眉を八の字にした。

「太夫とか格子とか、位が高いお女郎さんは、お客が待つ茶屋へお迎えに行くのよ」

「ああ、なるほど。その時に顔を確かめられるかい」

「千成屋に太夫はいないから、迎えに出るのは格子。でも、千成屋の格子は七人。店から出たお女郎さんが雪解さんかどうかは分からないのよね」

「仲ノ町を歩いている者に『あの人は雪解さんかい？』って訊けばいい」

と忠吉が口を挟む。

「知っている奴に当たるまで何人にも訊かなきゃならない場合もあるぜ。それよりは雪解の顔をよく知ってる奴に一緒に行ってもらうほうがいい」

庸がそう言った時、又四郎が「ごめんよ」と言って入って来た。

庸は又四郎を指差し、忠吉ともとに顔を向け、ニッと笑った。

二人は又四郎を見て「なるほど」と大きく頷いた。

「なんでぇ。何がなるほどなんだよ」

又四郎は怪訝な顔で庸の隣に座り、皿から団子を一串取って口に運んだ。

「又四郎さん、今夜雪解さんがお客を迎えに行くってことを知らせに来たんでしょ?」

もとが訊く。

「何で知ってる?」

又四郎は目を見開く。

「同じことを考えたのよ。あたしも調べて来たの。今、それを話してたのよ。無駄足になっちゃ可哀そうだから、どこの茶屋に行くのかはあなたに言わせてあげるわ」

「偉そうに」又四郎は舌打ちする。

「雪解は今夜、引き手茶屋の嶌屋《しまや》に客の油問屋大野《おおの》屋誠《せい》右衛《え》門《もん》を迎えに行く」

「千成屋のほかの格子にも客があるだろ」庸が言う。

「おいらたちは雪解の顔を知らない。だからお前ぇに店から出て来たどれが雪解か教えて欲しいんだよ」

「ああ、それが『なるほど』かい。いいよ、お安い御用だ」

「よし。これでここに来たのが雪解がどうか分かる。おいらは一旦、両国出店に戻って、松之助に店仕舞いを頼んで来る」

庸は店を飛び出した。

三

空は紺色に染まり、仲ノ町の左右に並ぶ茶屋の二階の軒先に提灯《ちょうちん》が灯っている。道にはそぞろ歩く客のほかに、大きな膳を重ねて女郎屋や茶屋に運ぶ仕出し屋や、芸者、幇間などが、これからはじまる宴のために忙しげに道を行き交っている。

庸ともと、忠吉、又四郎は、千成屋のある堺町の木戸が見える茶屋の床几に座り、徳利とちょっとした肴《さかな》を挟んで、世間話をする風情を装っていた。

木戸から千成屋の弓張《ゆみはり》提灯を持って法被に股引姿の若い衆が出て来た。

続いて二人の新造《しんぞう》と呼ばれる年若い見習い女郎。

「あの二人は、雪解のお供だぜ」又四郎が杯を口に運びながら言う。

「千成屋は中見世《ちゅうみせ》だから、仰々しい行列はねぇ」

続いて煌《きら》びやかな衣装を纏い、幾本もの簪《かんざし》を挿《さ》した女が現れる。

「あれが雪解だ」

又四郎は小声で言った。

「違うわ」

もとと忠吉が同時に言った。

「違う」

「ウチに来たのは、綺麗で気が強そうだったけど、目が悲しげだった」

もとの言葉に忠吉が頷く。

「仕切り直しだな」

庸は顔をしかめる。

「別のお女郎が雪解の名を騙ったのね。その人を探さなきゃならないわね」

「吉原の女郎は三千人を超えるぜ」又四郎が絶望的な顔をする。

「女郎屋を一軒一軒廻るのかい？」

「そんなことしなくてもいいさ。明後日は騙りの本人が揚屋町出店に来るよ」

「ああ、そうか」もとはポンと手を打つ。

「そこでとっちめてやるのね？」

「とっちめやしねぇよ。又四郎に顔を見てもらうんだ」

「おれだって三千人からの女郎の顔と名前、全部覚えてるわけじゃねぇぜ」

「だけど、おいらたちよりは知ってるだろう。顔と名前をはっきりと覚えてなくても、あそこの見世で見たことがあるような気がするとか、その程度の手掛かりでもいいんだ」

「うーん。あまりあてにするんじゃないぜ」

「よし、決まりだ。明後日の朝、揚屋町出店で会おうぜ」

庸は床几を立った。

◆

偽の雪解が現れる朝、庸は早くから吉原を訪れ、会所から又四郎を引っ張って揚屋町出店へ向かった。後朝《きぬぎぬ》の別れを惜しむ女郎と客が、ゆっくりと仲ノ町を歩いていた。

揚屋町出店の前ではもとが立って待っていた。庸を見ると、大きく手を振る。

「いよいよ今日、偽雪解の正体が分かるのね」もとの鼻息は荒い。

「嘘つき女をどういうふうにとっちめるの？」

「だから、とっちめるわけじゃねぇってば」

庸は苦笑しながら、又四郎と共に店に入る。

「だって、嘘をついて赤ん坊を貸してくれなんて言ってきたんだよ。とっちめてやらなきゃ！」

「なんだって？」又四郎は驚いた顔をする。

「偽雪解は赤ん坊を借りに来たのかい」

「まだ言ってなかったな。すまねぇ」

庸は後ろ首を掻く。

「それも三人もよ」

「三人の赤ん坊――。いったい、何をするつもりなんだ？」

又四郎は眉根を寄せる。

「それを確かめるんだよ。さ、お前ぇは奥に隠れててくれ」

庸は通り土間の暖簾の奥に又四郎を押しやる。そして自身は板敷に上がって、帳場の忠吉の横に座った。

暖簾をくぐって、見世の奉公人や下っ端の女郎たちが物を借りに来る。

そして、昼少し前。

入ってきた女郎を見て、もとの表情が固まった。そして、庸に目配せする。

襦袢《じゅばん》の上に綿入れを着た二十歳を少し出たくらいの女である。雪解とはまったく別の女だった。整った顔をしていたが、確かに寂しそうな目をしている。そして格子にしては着ている物が粗末だった。

女郎はもとと忠吉、そして庸に目を向けると、

「湊屋の本店は何て言った？」

「赤ん坊は貸せるが、三人とたぁ少し間が欲しい」

庸が答えると、女郎は小さく舌打ちした。

「そんなふてくされた顔をするんじゃねぇよ」庸が言う。

「湊屋に貸せる子をずっと置いているわけじゃねぇ。貸してくれる母親に目星をつけ

てるんだよ。借りたい客が来れば、母親と交渉する。だけど、母親にとっちゃ大切な子供だ。たとえ一人でも、貸し子にさせて欲しいって説得するのに骨が折れるんだよ」

「何日必要だい？」

「大急ぎで当たれば、明日には借りて来れる」

「そうかい。それじゃあすぐに当たっておくれ」

女郎は店を出ようとした。

「その前に、お前ぇさんが赤ん坊を借りたい理由を聞かなきゃならねぇ。貸したはいいが、そのまま拐かされたなんてことになりゃあ困るからな」

「拐かしたっておはぐろどぶを渡れやしないよ」

女郎は振り返って言う。

おはぐろどぶとは、吉原遊廓を囲む堀である。

「渡れないならいっそのことって、赤ん坊もろともなんてことを考えられても困る」

「困る、困るばっかりだな」

「お前ぇさんの頼みはそういうことなんだよ。はっきりと理由が分かれば、安心して貸すことができる」

庸の言葉に、女郎は溜息をついて向き直る。

「赤ん坊に乳を吸わせてみてぇんだよ」

「乳を吸わせたい？」

庸は眉根を寄せる。

「ああ。大人の男にゃあ、嫌ってほど吸われたが、赤子から吸われたことがねぇ。だから、赤ん坊に乳を吸わせてぇんだよ。お前さんはおぼこいから、まだ分からないだろうがね」

「そうかい……。だけど、吸わせたいんなら、一人でいいじゃないか。なんで三人も？」

「これもまた、お前さんはおぼこいから分からないだろうが、男の乳の吸い方は千差万別。だったら赤ん坊もそうだろうと思ったんだよ」

「そうかい……」

庸ともとは顔を真っ赤にした。

忠吉は笑いを堪えるような顔をしている。

「理由は言った。これでいいかい？」

女郎は仁王立ちになって腰に手を当てる。

「分かった。もう一つ。男女はどうする？」

「どちらでもいいよ。だけど、男の子にも女の子にも乳を吸わせてぇから、交じってたほうがいいな」

「母親に当たって、上手くそうなるよう力を尽くすよ。それじゃあ、明日の夕方くらいに引き取りに来てくんな」

「楽しみにしてるよ」

女郎は出口に向かう。

「ちょっと待ちなさいよ！」

もとは一歩前に出る。

女郎は立ち止まり、ジロリともとを睨んだ。

「何だよ。喧嘩でも売りそうな勢いだね」

「あんた、雪解って名乗ったろ。だけど、まったくの別人じゃないか！　あんた、何者だい！」

もとはいきり立って言い放つ。

庸は黙って二人を見つめている。

「なに言ってんだい。あたしは千成屋の雪解だよ」

女郎は鼻で笑い、店を出て行った。

「お庸ちゃん！　何で嘘つき女をどやしつけてやらないの？」

もとは怒りの顔を庸に向ける。

「ちょいと景迹（推理）を立ててたんだよ。でも、おもとちゃんが怒ってくれたから、見えてきたよ」

庸がそう言った時、又四郎が通り土間の暖簾をたくし上げて出て来た。

その顔が青い。

「お庸さん、あの女――」

又四郎の言葉に、もと、忠吉は凍りついた。

庸は「やっぱりな」と言って、三人に自分の景迹を語って聞かせた。

昼過ぎ、庸は新鳥越町の湊屋本店の離れにいた。

囲炉裏を挟んで清五郎と半蔵が座っている。庸の話を聞き終わった清五郎は小さく頷いた。

「なるほど、それは面白ぇな。で、お庸はどう落着をさせるつもりだ？」

「はい。頂戴したい物があります――」

庸が口にした〝頂戴したい物〟を聞き、清五郎はニッコリと微笑み、半蔵は片眉を上げた。

「処分する物は一番奥の蔵に入れてある。探して持って行きな」

「ありがとうございます」

庸は頭を下げて土間に降り、離れを出た。

そして翌日の朝。

庸は、又四郎を先頭に、もと、忠吉と共に、おくるみを抱いて、揚屋町の木戸を出た。

道を挟んだ向かい側の、角町の木戸をくぐり、真っ直ぐ進むと、吉原の南東側の道に出た。

汚れた襦袢をだらしなく着た女たちが何人かたむろしている。

羅生門河岸《らしょうもんがし》と呼ばれる、切見世が並ぶ通りであった。道の向こう側はお歯黒どぶである。

この辺りの女郎たちは客引きが乱暴で、腕を引き抜くほどだという笑えない冗談が交わされるほどであった。

切見世は棟割長屋になっていて、それぞれの小さい木戸に長屋の名を記した看板行灯がかけられている。

線香一本が燃え尽きるまで客と遊び百文を得る。そういう下級の女郎たちが住んでいるのだった。

「ごめんよ。〝おそめ〟に用があるんだ」

又四郎は道の女郎たちに声をかけながら〈萩刈《はぎかり》長屋〉と書かれた看板行灯の木戸をくぐった。

間口四尺五寸（約一・四メートル）ほどの部屋がずらりと並んでいて、開け放たれた戸から敷きっぱなしの夜具と、その上に寝転がる女たちの姿が見えた。

客をとる時に焚く線香のにおいと、女たちの体臭が澱《よど》んでいる。

最下層の切見世を初めて見た庸は、胸が苦しくなってきた。

たった百文で、好きでもない男の慰み者になって生きていかなければならない女たち――。しかし、それを哀れと思っては、女郎たちに申しわけないと庸は思った。こういう暮らしであっても、女たちなりの矜持を持って生きているに違いないからだった。

「ここだよ」又四郎は長屋の端で立ち止まり、戸口を顎で差した。

「もう客もとれねぇそうだが、女郎たちが金を出し合って、部屋代を都合してやっている」

庸は神妙な顔で肯《うなず》き、戸口の前に立った。

「千成屋の雪解さん。昨日会った湊屋の庸ってもんだ」

と、声をかける。

しばらく沈黙があり、掠《かす》れた声が返ってきた。

「そうかい。本当に行ってたかい。夢かと思ってた――。入《へ》ぇりな」

庸はそっと戸を開ける。

ムッとする臭いが流れ出してきた。

汚れた髪と体の臭いに、何か別の、胸が悪くなるような臭いが混じっている。

奥行き六尺（約一・八メートル）ほどの狭い部屋である。夜具が敷かれていて、壁際にささくれた畳がほんの少しだけ見えていた。

「具合はどうだい？」

庸は土間に草履を脱いで中に入り、枕元に座る。夜具に横たわっているのは骨と皮ばかりに痩せた女であった。土気色《つちけいろ》の肌と黄色っぽい白目から、もう女が長くないことを庸は感じ取った。

「よくないね。だけど、痛みは少し楽になったような気がするよ」

「揚屋町出店に赤ん坊を借りに来たことを覚えているかい？」

「夢じゃないんだったら行ったたんだろうね」

女は乾いた唇で力無く微笑む。

庸はもとと忠吉に手招きする。二人はおくるみを抱えて庸の隣に座った。

「あんた、千成屋の雪解って名乗ったんだぜ」

「ああ。若い頃の源氏名だよ。今は別の娘が雪解を名乗ってるだろうよ。今はそめ。本当の名に戻してるよ」

「あんた、自分の体のこと、分かってるかい？」

「分かってるよ。魂が抜けて出歩くようになったんなら、もう長くはねぇ」

「だけど、心残りがあったから、赤ん坊を借りに来たんだろ？」

「ああ……。無理難題を言ってすまなかったな。あたしは雪解って名乗ってた時、三度身籠もったんだ。身籠もった女郎はどうされるか知ってるかい？」

「いや……」

庸は、揚屋町出店を訪れた雪解はおそらく生き霊であろうと景迹したのだった。そして、その雪解は、今は千成屋を出ている。

もし、年季を終えて郷里《さと》に戻ったのなら、揚屋町出店に赤ん坊を借りに来たりはしない。おそらく、まだ廓内にいる。

廓内にいるなら、千成屋よりずっと格下の女郎屋にいる。恐らくは裏通りの切見世――。

そして、赤ん坊を借りに来たのは、出産した後にどこかに里子にでも出された子を慕ってのことだろう。

切見世で暮らし、生き霊が抜け出すような状態ならば、おそらく病で先は長くない。

それが庸の景迹だったのだが、そめは『身籠もった女郎はどうされるか知ってるかい？』と訊く。

里子に出されたという景迹は外れていたのだ――。

「堕胎《おろ》されるんだよ。いろんな酷い方法でね。あたしの子は生まれずに死んでいった。あたしの乳を吸うこともなくね」

「そうだったのかい……」

庸は唇を噛んだ。もとは啜り泣き出す。忠吉は眉間に皺を寄せて俯いていた。

「赤ん坊を連れて来てくれたんなら、連れて帰っておくれ。あたしの魂は子を借りに行ったが、本体のほうは払う損料も持っていないよ」

「いや。損料はいらないよ」

庸は抱えたおくるみを開いて、赤ん坊ほどの大きさの人形を取り出し、そめの枕元に寝かせた。髪を頭の天辺《てっぺん》で結った男の子の人形であった。顔の胡粉《ごふん》の色がくすんでいた。

もとと忠吉もおくるみの中から女の子の人形を取り出して、その横に寝かせた。

そめは人形を見て笑みを浮かべた。

「人形だって損料はいるだろう」

「いや。本店からもらって来た。いずれ、ほかの古い人形と一緒にお焚上される子たちだ」

「そうかい。それじゃあこの子らは、あたしが死んだら一緒にあの世までついて来てくれるかい」

「ああ。ずっと一緒さ」

「ありがたいねぇ」

そめは細い腕で三体の人形を抱き、夜具の中に入れる。

「あたしは西方寺《さいほうじ》に投げ込まれる身だ。お前たちには気の毒な道連れをさせるね」

そめは気の毒そうに三体の人形を見る。

「いや」庸は首を振った。

「その子らは、お焚上されるのを待つだけの身だった。だけど、あんたを最期まで慰める役目をもらったんだ。喜んでいるさ」

「だけど、この子らはあたしの子供っていうより、孫みたいだね」

そめは人形たちを抱き締める。

「孫でも子でもいいじゃないか。可愛がってやってくれよ」庸は立ち上がる。

「それじゃあな」

もとと忠吉は一礼して先に部屋を出た。

「お庸さんと言ったね」

庸が土間の草履を履いた時、そめが声をかけた。

「湊屋両国出店の庸だよ」

と振り返って答える。

「最期の最期に世話になったね」

「とんでもねぇ。あんたのお仲間たちには敵わねぇよ」

「ああ。そうだね。仲間たちにも世話になった。だけど、相身互いだからね。あたしも少しは連中の世話をしたから。だけど、あんたには世話になりっぱなしで逝っちまうことになる」

「そんなこと、気にするんじゃねぇよ。誰だってそうじゃねぇか。おいらだって、見ず知らずの奴に世話になることもしょっちゅうさ」

「そうかい。それじゃあ、ありがたく世話になりっぱなしにしとくよ」

「それでいいよ」

庸は部屋を出た。

「お疲れさま」

又四郎が目元を手の甲で拭う。

「おそめさんのこと、よろしく頼むぜ」

庸は又四郎に言いながら歩き出す。

「貧すれば鈍するって言いやすけど、ここの女たちは、健気に助け合ってやす。おれが世話をしてやる隙はありやせんよ。客を取り合って派手な喧嘩をしやすから、そういう時の仲裁くらいですかねぇ」

又四郎は苦笑いを浮かべた。

庸たちが木戸をくぐって角町に入ると、もとが大きく息を吐いた。

「あたし、河岸に入ったの初めてだったから、凄く怖かった」

吉原の河岸は、大門を入って右の裏通りに浄念河岸と西念河岸。左の裏通りに浄念河岸、羅生門河岸と四つあった。いずれも切見世が並ぶ、最下層の女郎が住む界隈である。

「おもとちゃんは、入らなくて済むんなら、もう入らねぇほうがいいかもしれねぇな」

庸が言った。

「あたし、これでもあのお女郎さんたちのことを理解しているつもりよ」

もとは少し怒ったように言う。

「つもりってのが一番怖ぇんだよ。住むところが違えば考え方もまるっきり違う。自分は分かってねぇんだって思って対さないと、大怪我をするよ」

「そうなの……」

もとは眉をひそめて口を閉じた。

「それじゃあ忠吉さん、おもとちゃん」庸は仲ノ町に出ると二人に向き直った。

「この一件はこれで落着ってことでいいかな」

「はい」忠吉は頷いた。

「また何かあれば、お知らせして力をお借りいたします」

「じゃあな」

庸は手を振ると、又四郎と共に大門へ向かって歩いた。

❖

十一月になった。

両国出店の奥から、手焙の追加を持って出て来た松之助が外を見て、

「あっ、初雪」

と言った。

「どれ」

庸は帳場から出て土間の草履を引っかけて外に出る。

明るい灰色の空から、細かい雪が舞っている。雪は空を背景にしている時には黒っぽく、家々の瓦屋根を通り過ぎる辺りで白く見えた。

天から地上に移動していく視線に、広場を挟んだ向かい側の家の前に立っている人影が映った。

小綺麗な着物を着た女が男の子一人、女の子二人と共に、庸に向かってお辞儀をする。

どこかで見た顔だが、誰であったろうかと思いながら庸もお辞儀を返した。

四人はくるりと向きを変えると歩き去った。

羅生門河岸のそめが亡くなったという知らせが忠吉から届いたのは、その翌日だった。

宿替え始末

一

薄暗い朝であった。厚い雪雲が空を覆い、チラホラと白いものが舞っている。

しかし、道の雪はほとんど解《と》けていて、冬の終わりを予感させていた。

暖簾をくぐって、常連の長助《ちょうすけ》が入って来た。

「もうじき春だってのに、寒うござんすねぇ」

長助は入谷の百姓である。規模は小さいながら本百姓であった。年の頃は五十代後半。三人の息子がいて、家族と数人の小作人で農地を耕している。

入谷ならば、湊屋本店《みなとやほんだな》のほうが近い。しかし、庸《よう》が両国出店《りょうごくでだな》の店主になる時に、本店の主清五郎《あるじせいごろう》から頼まれて、得意先になったのであった。長助は青物を両国出店近くの橘町、村松町辺りの八百屋に届けていた。そのついでに両国出店から家の男連中の褌やら何やらを借りて帰るのである。冬野菜の大根や白菜の収穫がほとんど終わった後は、漬け物を下ろしていた。

「今日は何が入り用だい？」

庸は帳場から訊いた。

「いつも通り、人数分の下着と、今日は大八車もお借りしてぇ」

「大八車は持ってるだろうが」

「数が欲しいんでございやす」

「年の瀬も近ぇ。夜逃げでもするのか？」

庸はニヤニヤしながら訊く。

長助は不愉快そうに唇を歪めて上がり框に腰掛ける。

「冗談はよしてくださいよ。引っ越すんですよ」

「なんだって？」庸は眉をひそめる。

「田畑《でんぱた》はどうするんだよ」

「どうもしやせん。春になったら耕しやす。家を空けるんでございやす」

「分からねぇな。どういうこったい？」

庸が訊くと、長助はさらに不愉快そうな顔になる。

「なんでもありやせんよ。手狭になっただけでございやす」

「借金のカタにでも取られるかい」

「そんなんじゃございやせんってば」

「じゃあ、どこかに盗人に入るとか。千両箱を積む大八車が必要になった？」

「んなわけないでしょう。冗談はやめてくださいやし」

「冗談を言ってるわけじゃねぇんだよ。実際、ろくでもねぇことに使おうって、ウチに物を借りに来る奴もいるんだ。事情を詳しく訊いとかないと、悪事に加担することになりかねねぇ」

「おれは悪事なんかしやせんよ。ここが始まった時からの客でしょうが。そのぐれぇ分かるでしょう」

「ここが始まった時からの客なんだから、おいらが客の力になることも知ってるだろ」

「知ってやすが……。言ったら笑われやす」

「笑いやしねぇよ」

庸が真剣な口調で答えると、長助は小さい声で答えた。

「幽霊が出るんで」

「幽霊？」

幽霊絡みの出来事にもよく巻き込まれるから、庸は驚かないし、笑うこともなかった。

真面目な顔のまま訊く。

「いつから？　前に来た時にゃあそんなこと言ってなかったじゃねぇか」

笑われなかったので、長助はホッとしたように言う。

「我慢してたんですよっ　って言うか、最初のほうは気のせいだと思ってたんで。去年辺りから変なことは起きてたんでございやす」

「詳しく聞かせてみなよ。力になれるかもしれねぇぜ」

庸がそう言った時、話が耳に入ったのか、松之助《まつのすけ》が奥から出て来た。

長助は首を振る。

「相手は幽霊ですぜ。貸し物屋が力になれるもんですか」

「貸し物屋は顔が広いんだよ。加持祈禱を得意にしてる坊主を知ってる」

「へぇ、そうなんですかい」長助は身を乗り出した。

「だったら、早速教えてくださいよ。湊屋が薦める坊主だったら、信用がおける。修験者とか拝み屋だとか、胡散臭い奴が多いじゃないですか。騙されるのが嫌で相談しに行かなかったんでございやす」

「檀那寺には行かなかったのか?」

「行ったが相手にされやせんでした」

「なるほどね。笑われたかい」

「へい。その前に、七右衛門《しちえもん》さんとこにも行って話したんでござんすが、同じように笑われやした」

七右衛門とは、近くに広い農地を持つ地主である。長助の父は七右衛門の小作人であったが、土地を譲られ本百姓になったのであった。

「変なことが起き始めた頃のことから話してくれねぇか?　力になるぜ」

庸はちらりと松之助を見る。

松之助は長助がお得意さんだからであろう、小さく頷いた。

「始まりは、去年の夏でござんす——」

長助は語り始めた。

❖

最初は小さい音から始まった。

去年の夏のある日、長助は突然目が覚めた。

長助は眠りが浅かったので、些細な物音で目覚める。

辺りは真っ暗である。外で夏の虫が鳴いているが、その鳴き声で目覚めたのではない。

座敷に吊した蚊帳《かや》が薄ぼんやりと見えた。蚊遣りの杉の葉の匂いがする。隣から女房の寝息。

何だろう——。

不思議に思いながらも、盗人が忍び込んで来たふうでもないので、長助は目を閉じた。

ガキッ

音がした。

上のほう——。

長助は目を開けて上を見る。明るければ、黒い梁《はり》と茅葺《かやぶ》き屋根の裏側が見えるはずであるが、今は闇が蟠《わだかま》っている。

茅の音だ――。

カブトムシでもぶつかったか――？

カサッ

また音がした。

音で目覚め、さっき一回、そして今、一回。カブトムシって、そんなに頻繁に屋根に当たるものか――？

祭の提灯や焚き火の明かりに飛んで来ることはあるが――。

提灯の明かり？　焚き火？

屋根で火が燃えているのか？

それを目がけてカブトムシが飛んで来た？

長助は慌てて蚊帳を飛び出し、裸足のまま庭に下りて屋根を見上げた。

夏の星空を大きな茅葺き屋根の影が切り取っている。

火など見えない。

カサッ

正面の屋根で音がした。室内で聞くよりはっきりした音だった。

カサカサササササッ

音が連続する。

音のほうを見上げると、音が途切れた瞬間、軒先から子供の拳くらいの大きさの、白っぽい物が飛び出すのが見えた。

ポトン

と何かが落ちる音がした。

長助はおっかなびっくり、屋根から落ちて来た物に歩み寄る。

腰を屈めて目を凝らすと、それは石ころであることが分かった。

「石……」

長助は、なぜ石が屋根を転がり落ちて来たのか考える。そして、ハッと後ろを振り返って身構える。全身に鳥肌が立っていた。

屋根から石が転がり落ちて来るのは、誰かが屋根に石を投げたからだと思ったのだった。

「誰だ！」

しかし、庭に人の気配はない。

「悪戯《いたずら》ならやめろ！　見付けたらただじゃすませねぇからな！」

長助は言うと、後ずさりながら家に戻った。

縁側で少し考える。

今夜、雨戸を開けたまま寝るのは物騒かもしれない。

しかし、雨戸を閉めれば暑い。

迷ったが、長助は雨戸を閉める。そして足音を忍ばせ、息子たちの寝所前の縁側の雨戸も閉めた。

翌朝、汗だくで目覚めた女房や息子、嫁たちに責められた。

長助は昨夜の出来事を語り、長男が梯子《はしご》を掛けて屋根に上った。

茅の間に小さい石が挟まっているのを見付けた。

小作人の誰かが悪戯をしたのかと考え、それとなく探りを入れてみたが、怪しいところはなかった。

ともかく、夜は用心しようということになり、長助と息子三人が交代で見張りをすることにした。

三日ほど何も起きなかった。悪戯者は諦めたのだろうということで、夜の見張りはやめた。

しかし、見張りをやめて十日ほど経ったある夜。

すっかり安心しきって寝ていた長助は、またしても音で目覚めた。

畳の上を何かが擦《す》る音である。

音は蚊帳の周りを回っていた。

長助は目を開けて、音のほうに視線を向けた。

蚊帳の外に夜目にも白い物が見えた。

人のようだった。白い着物を着た人が摺《す》り足で蚊帳の周りを回っている。

息子たち、嫁たちの誰かかと思った。

しかし、蚊帳の外の人は背中を丸めて両手をダラリと下に降ろし、ズッズッとゆっくり歩を進めている。

そんな歩き方をする者は家族にはいない——。

「誰だ！」

長助が上体を起こすと白い人はスルスルと縁側へ進み、庭へ消えた。

追いかけていく度胸はなかった。

「行った？」

横で女房が小声で訊いてきた。

「お前《め》ぇも見たか？」

長助は震える声で訊いた。

「白い人が歩いてた」

女房の答えに、自分の頭がおかしくなったのではないと長助はホッとした。

翌朝、息子、嫁たちにその話をした。息子たちは笑って悪い夢を見たのだと言った。嫁たちは怯えた表情になった。

以後、嫁たちが異様なモノを見るようになった。

家の中の暗がりに白いモノがうずくまっていたり、奥の座敷の暗がりを何かが横切ったり。暗い土間の隅に白い人がボウッと佇《たたず》んでいたり。

嫁たちが悲鳴を上げて逃げ、少し経って恐る恐る戻ってみると、もう異様なモノは姿を消していた。

自分と女房だけではなく、嫁たちも見ているのだからと、檀那寺の和尚に相談した。

しかし、和尚は笑って相手にしてくれなかった。

「もし、本当に亡魂だったとしても、今、家族に障りはなかろう？　だったら、フラフラと彷徨《さまよ》っている弱い亡魂だから、そのうちにいなくなる。気にせず知らぬ振りをしていればよい」

長助はなんとかお経を上げて欲しいと懇願したが、和尚は聞いてくれない。

仕方なく、言われたとおり異様なモノを見ても知らない振りを続けていた。

秋になって、雨戸を閉じるようになると、家の中で異様なモノを見ることはなくなった。

だが――。

ある夜。

家族の者は寝所に引き揚げ、長助が囲炉裏の火に灰を掛けていると、出入り口の引き戸の向こうから声が聞こえた。

「ごめんください」

長助は手を止める。

こんな夜分に訪ねて来るのは誰であろうか。男の声だが、押し殺したように低く、聞き覚えがない。

「どなたさんで？」

長助は訊く。

「ごめんください」

相手は名乗らない。

「夜分でございますから、名乗らぬ相手では戸を開けられませぬ」

長助は何か武器になるものはないかと、辺りを見回し、囲炉裏に刺した長い火箸を手に取る。

「ごめんください」

男は名乗るつもりはないらしい。

「悪戯ならやめてくださいまし。こちらが大人しくしている間にお引き取りを」

「ごめんください」

男の声が大きくなった。

長助はドキリとする。

「ごーめーんーくださいー」

気味の悪い韻律で男は言う。

戸がガタガタと揺れる。

心張《しんば》り棒《ぼう》を掛けてあるが、その棒も揺れている。

「ごーめーんーくださいー。ごーめーんーくださいー。ごーめーんーくださいー」

男は繰り返す。戸の揺れが激しくなる。

人ではないと、長助は確信した。

どうしたらいいだろう――。

長助は、

「南無阿弥陀仏！　南無阿弥陀仏！」

と念仏を唱えた。

「ごぉぉぉぉめぇぇぇぇぇんーくぅぅぅぅぅだぁぁぁぁさぁぁぁぁいぃぃぃぃぃぃぃ」

間延びした声が響き、さらに激しく戸が揺れる。

長助は板敷で体を丸めて震える。
心張り棒が外れて土間に転がった。
灰を被り消えかかった囲炉裏の弱い明かりの中で、声と戸の揺れがピタリと止まった。
戸が、ゆっくりと開いていく。
戸を開ける指が四本、見えた。
半ばまで開いた戸が、一気に引き開けられた。
外は黒々とした闇。
長助は息を止め、瞬きも忘れて闇を見つめた。
何も起こらない。
囲炉裏の火はさらに弱くなる。
チロチロとした小さな火が頼りなく土間と板敷を照らしている。
終わったか――。
意を決して板敷を降り、心張り棒を拾い上げ、戸を閉めようとしたその時だった。
開け放たれた戸口から、何かが飛び込んできた。
「うわっ！」
長助は悲鳴を上げて心張り棒を振り回した。手応えがあった。
ザッと音がして何かが土間に落ちた。

長助は悲鳴を上げながら板敷に飛び上がり、心張り棒を構える。

土間に落ちたものを見た。

丸めた筵《むしろ》が、半ば解けて転がっていた。

長助は板敷を降りると、心張り棒で筵を押し、戸口から外へ放り出す。

すぐに戸を閉めて心張り棒をかませ、板敷に上がって囲炉裏の火を大きくした。

その日は明るくなるまで囲炉裏の火を守り続けた。

❖

松之助は庸の横に引っつき、への字にした唇を震わせている。今日の追いかけ屋、継太《つぐた》も帳場の裏からしかめた顔を出している。

「秋から冬にかけては、外から脅かされてるのかい？」

庸は訊いた。

「へぇ。雨戸を叩かれたり、戸口から声をかけられたり。息子らが外に飛び出しても誰もいねぇ……」

「町方には相談なさったんですか？」

松之助が訊く。

「相談したところで、見張ってやるからとか言って袖の下をせびられるに決まってやす」

庸が囁く。

「大丈夫《でぇじょうぶ》だよ」綾太郎が小さく笑う。

「おれと松之助、勘三郎は、腕っ節の強いならず者七、八人相手にしても負けねぇぜ。お庸ちゃんは板敷に座って高みの見物をしてな」

四人は足音を忍ばせて戸口に歩み寄る。

中からは、土を掘る音が聞こえ続けている。

「あっ……」声が上がった。

「鋤の先が何かに当たりやした」

「どれ」

聞き覚えのある声が言い、音が慌ただしくなる。

綾太郎が入り口の戸を蹴り開けた。

土間の中央に穴が空き、その周囲に四つの畳んだ提灯が置かれている。中央で蠟燭が揺れていた。その横に鋤を持った四人が驚いた顔を戸口に向け、凍りついている。もう一人は提灯を手に穴の側に屈み込んでいた。

庸たちの龕灯はその五人を照らしている。

「何をしてるんだい？　七右衛門さん」

庸は屈み込んだ男に言った。

四人の男が鋤を構える。

松之助が龕灯を男の一人に投げつける。

男は顔面に龕灯の直撃を受け、昏倒《こんとう》した。

残りの三人は狼狽《うろた》える。

七右衛門は屈み込んだままである。

綾太郎と勘三郎が、龕灯を手に、身構えて摺り足で前に出る。

松之助は、さっと動いて庸の体を抱え、板敷へ駆け上がる。

「さぁ、高みの見物をしていてくださいな」

松之助は言うと、板敷を降りて腰を落とす。

板敷の庸に襲いかかろうとする者と戦う構えである。

「観念するかい？　それともかかって来るかい？　おれたちはどちらでもいいぜ」

綾太郎が啖呵を切る。

三人の男は身構えたまま、横目で七右衛門を見る。鋤の構え方を見れば、喧嘩慣れしていないのは一目瞭然だった。

「観念いたします」

七右衛門は言って、板敷の庸に向きを変え、その場に正座した。

三人の男たちも鋤を置いて座る。

松之助に龕灯をぶつけられた男は伸びたままである。

庸は内心、戦いにならずに済んだとホッとしながら、鷹揚《おうよう》に頷くと板敷にあぐらをかいた。松之助、綾太郎、勘三郎は板敷の下に片膝をつき、男たちに動きがあればいつでも庸を守れるように控えた。

「この家に幽霊の気配がないことを知って考えたのは、誰かが幽霊の真似をして長助一家を追い出そうとしているということだった」

庸は言葉を切り、七右衛門の反応を見る。

七右衛門は、項垂《うなだ》れたまま小さく頷いた。

「次に、それはなんの目的かと考えた。住んでいる者を追い出して何をするつもりか？　この家にある何かを盗もうとしているんじゃないかと思いついた。しかし、長助は家財道具を持って引っ越した。つまり、この家から何か盗もうとしている奴の目的は、長助の持ち物じゃない——。この辺りの説明が難しいんだが、色々考えているうちに、あんたがこの件の張本人と考えれば筋が通るって気がついた」

「ご明察で」

七右衛門が頭を下げる。

「長助の先祖がこの家を手に入れる前からある何かを密かに盗み出そうとしている。そんな昔のことを知っているのは元の持ち主の一族——。幽霊が出た最初は去年の夏ってことだったから、きっとその頃にお前ぇは祖先の書付かなんか見付《めっ》けたんだろう？」

「左様でございます。蔵から出てきた祖先の日記を読んでおりましたら、ここの土間に〈何かがあった時に土地の人々を助ける物を埋めた〉とありました」

「お宝が埋まっているに違いないと欲が出たかい」

「はい……。情けないことでございます。掘り出すにも長助一家が邪魔だと考えてしまいました」

「何が埋まっていたかは書かれていなかったのか？」

「はい」と七右衛門は苦笑を浮かべる。

「もったいぶる性格だったのでございましょうね。はっきり書かれていれば、こんなことをせずに済みましたのに」

「何が埋まっているか見たのか？」

「はい。人足が掘り当てました。鍬が古くなって真っ黒になった俵に刺さりました」

「その人足、長助の引っ越しを手伝った奴らだな？　引っ越すまでの時を引き延ばして、加持祈禱を明日まで持ち越させ、今夜土間を掘る機会を作った」

「左様でございます」

「で、俵の中はなんだった？」

「はい」と言って七右衛門は穴の側まで行き、中から何かを取り出して板敷に歩み寄る。

七右衛門は両手に握った物を板敷の上に置いた。

六個の真っ黒く丸い物――。

胡桃《くるみ》の実であった。

「胡桃は滋養がございますから、飢饉《ききん》の時はいくらかの助けになりましょう。土間の敲《たた》き土《つち》は空気を通しませんので、腐りもせず、芽も出さずに済んだのでございましょうね」

「飢饉の時には宝になるだろうが——。さて、お前ぇはこの胡桃、どうする？」

庸が訊くと、七右衛門は苦い笑みを浮かべて何も答えられなかった。

「お宝を掘れば穴が空く。その穴、どうするつもりだった？」

庸に訊かれ、七右衛門はハッと顔を上げる。

「明日、加持祈禱のために坊主が来る。その時に土間に穴が空いてりゃあ都合が悪かろう。土を戻すにも、昔からの敲き土と、今敲いたばかりの土では見た目がまるっきり違う。誰かが穴を掘って埋めたことは一目瞭然だ」

「そこまで考えておりませんでした……」

「甘いな」勘三郎がぼそりと言った。

「悪事を働くなら、徹底的に悪知恵を働かせなきゃならねぇ」

「まぁ、本当の悪人じゃねぇってことだな」

綾太郎が言う。

「日頃は人もよく面倒見のいい男なのに魔が差してしまったってところか」庸は溜息をつく。

「人はちょっとしたことで転落しちまうもんだな」

「情けのうございます」

七右衛門は土間に額をつける。

「で、お庸ちゃん、どう落着させるんだい？」

綾太郎が振り返って庸を見上げる。

「そうさなぁ」

庸は腕組みして七右衛門を見下ろす。

七右衛門は神妙な顔で庸を見上げている。

「お前ぇはどうしてぇ？」

庸が訊くと七右衛門はピクリと背を振るわせた。

「誤魔化し通して、何もなかったようにしたいって言うんなら、知恵を貸してもいいぜ」

その言葉に、松之助、綾太郎、勘三郎が驚いたように庸を振り返った。

しばらく間があった。

「いえ」と言って七右衛門が顔を上げ、背筋を伸ばす。

「自分がやらかしたことに始末をつけなければなりません。長助に全てを話し、謝ります」

「長助が許してくれなければ？」

「どんな罰でも受けます」

七右衛門はまっすぐ庸の目を見つめた。

「よし」庸は頷く。

「おいらたちはこれで帰る。朝五ツには長助が加持祈禱の立ち会いに来る。だが、こういう結びになることは読めてたから、坊主は呼んじゃいねぇ。お前ぇなりの決着をつけな」

庸は脇に置いた龕灯を持って立ち上がり、板敷を降りると、綾太郎に蹴り開けられた出入り口へ向かう。

松之助は土間に転がった龕灯を取り、後に続く。

「いいお裁きだったな」

綾太郎は七右衛門の肩を叩いて外に出る。

「お前ぇは悪人になり切れねぇ。善人のままでいな」

勘三郎は言って綾太郎を追った。

❖

翌日の昼前——。
庸が帳場で大欠伸《おおあくび》をした時、長助が暖簾をくぐって現れた。苦笑いのような笑みを浮かべている。

「お手数をおかけいたしやした」と上がり框に腰を掛ける。

「今、家の者と七右衛門さんの人足で山谷浅草町から元の家に引っ越しをしておりやす」

「そうかい。人足、今日はちゃんと働いてるかい？」

「へい。額に瘤《こぶ》を作ってる奴の動きは悪うございますが」

長助が言うと、奥から出て来た松之助がすまなそうな顔をする。

「それは悪いことをいたしました。わたしのせいです」

「へぇ。松之助さんは結構、乱暴者なんでござんすね」

「お恥ずかしい……」

松之助は首の後ろを掻いた。

帳場の裏から綾太郎と勘三郎が顔を出す。

「どう落着なさいやした？」

綾太郎が訊いた。

「へい――。七右衛門さんからすべて聞きやした。それで、罪滅ぼしがしたいと仰るんで、三つ、お願いしやした」

「ほぉ」

庸は身を乗り出した。

「一つ目は、胡桃の俵がどれだけ埋まっているか確かめること」

「どれくらいあった？」

「土間一杯に埋まってやした」

「二つ目は？」

綾太郎が訊く。

「胡桃の俵を掘り出して七右衛門さんの蔵に預かってもらうこと。飢饉の時に、近隣に配るという約束をいたしやした」

「三つ目は？」

勘三郎がニヤニヤしながら訊く。答えの予想が立っている様子であった。

「土間を元通りにすること。俵を抜いた分、土を入れなきゃなりやせんから、ウチでやるには懐が痛みますんで」

「なるほどな。それで手打ちか」

庸は頷いた。

「怖がらせられたことは綺麗さっぱり忘れやした。ずっと世話になっているお方ですから、それで充分でございやす――。それじゃあ、引っ越しの続きをして来やす。終わったら、大八車を返しに来やすんで」

長助は立ち上がり、何度も頭を下げて出て行った。

「お庸ちゃんよ」綾太郎が訊く。

「もし七右衛門があの時、誤魔化し通してぇってほうを選んだら、どうするつもりだった？」

「誤魔化したっていつかはバレる。その時の気まずさは、今謝っておくほうの気まずさよりずっと辛いって話をして、気が変わるほうへ引っ張った」

「なぁんだ」勘三郎が笑う。

「結局、七右衛門は今日謝ることになったんでござんすね」

「そういうことだな」

庸もニッコリと笑い、大欠伸をした。

松之助、綾太郎、勘三郎も次々に欠伸をして、お互いの顔を見て笑い出した。

寒さが緩んだ風が暖簾を翻した。

春間近の空は水色に晴れ上がっていた。

本作品は当文庫のための書き下ろしです。

平谷美樹（ひらや・よしき）

一九六〇年、岩手県生まれ。大阪芸術大学卒。中学校の美術教師を務める傍ら創作活動に入る。

二〇〇〇年『エンデュミオンエンデュミオン』で作家としてデビュー。同年『エリ・エリ』で小松左京賞を受賞。

二〇一四年、「風の王国」シリーズで歴史作家クラブ賞・シリーズ賞を受賞。

著書に「草紙屋薬楽堂ふしぎ始末」「貸し物屋お庸謎解き帖」（だいわ文庫）シリーズのほか、「修法師百夜まじない帖」（小学館文庫）シリーズ、「貸し物屋お庸」（招き猫文庫）シリーズ、「採薬使佐平次」「江戸城　御掃除之者！」、「よこやり清左衛門仕置帳」（角川文庫）シリーズ、『でんでら国　上・下』『鍬ヶ崎心中　幕末宮古湾海戦異聞』（小学館文庫）、『柳は萌ゆる』（実業之日本社文庫）、『国萌ゆる 小説 原敬』『虎と十字架』（実業之日本社）『大一揆』（角川文庫）、『賢治と妖精琥珀』（集英社文庫）等、多数がある。

貸《か》し物屋《ものや》お庸《よう》謎《なぞ》解《と》き帖《ちょう》
夏至《げし》の日《ひ》の客《きゃく》

著者　平谷《ひらや》美樹《よしき》

二〇二四年九月一五日第一刷発行

発行者　佐藤　靖
発行所　大和《だいわ》書房
東京都文京区関口一－三三－四　〒一一二－〇〇一四
電話　〇三－三二〇三－四五一一
フォーマットデザイン　鈴木成一デザイン室
本文デザイン　bookwall
本文印刷　信毎書籍印刷
カバー印刷　山一印刷
製本　小泉製本
ISBN978-4-479-32104-0
乱丁本・落丁本はお取り替えいたします。
https://www.daiwashobo.co.jp